Kadokawa Fantastic Novels

魔王學院的不適任者 13〈上〉

—— MAOH GAKUIN NO FUTEKIGOUSHA ——

~史上最強的魔王始祖，轉生就讀子孫們的學校~

作者 † 秋
Illustration † しずまよしのり

Keyword

MAOH GAKUIN NO FUTEKIGOUSHA

災淵世界伊威澤諾

「幻獸機關」所擁有的世界。原本與帕布羅赫塔拉的關係並不友好，但是比魔王學院早一個星期左右先完成加盟，並在轉眼間成為名列聖上六學院末席的存在。

聖劍世界海馮利亞

「狩獵義塾院」所擁有的世界。基於獵人與野獸這樣的關係，與同樣名列聖上六學院的「災淵世界」伊威澤諾對立。

鍛冶世界巴迪魯亞

聖上六學院的其中一名成員，是被稱為鐵火人且以鍛造為長的種族居住的世界。普遍認為靈神人劍伊凡斯瑪那由這個世界的元首蓓拉彌所鍛造而成。

不可侵領海

在銀水聖海上被視為「絕對不應該碰觸」的禁忌存在。並不是指特定的某件事物，而是稱呼擁有過於強大的力量且不應碰觸的存在。

靈神人劍伊凡斯瑪那

據說由人類名匠所鍛造而成、寄宿著劍之精靈，並得到各種神祇祝福的聖劍。實際上並非出自米里迪亞，而是在海馮利亞誕生的劍。

「不吃就沒辦法生存嗎？
假如需要餌食靈杯的替代品，
只須準備就好。」
「吃肉是為了生存嗎？
是因為好吃才吃吧？」

「把海馮利亞的魔力石炭
全部放進那裡的鐵火爐。要慢慢地放喔。」

魔王學院的不適任者

——MAOH GAKUIN NO FUTEKIGOUSHA——

～史上最強的魔王始祖，
轉生就讀子孫們的學校～

作者†秋
Illustration†
しずまよしのり

13
〈上〉

Kadokawa Fantastic Novels

魔王學院的不適任者

登場人物介紹

雷伊・格蘭茲多利

過去曾多次與魔王展開死鬥的勇者轉生後的姿態。

米莎・雷谷利亞

大精靈蕾諾與魔王的右臂辛兩人之間誕下的半靈半魔少女。

辛・雷谷利亞

兩千年前以「暴虐魔王」的右臂隨侍在側的魔族最強劍士。

伊莎貝拉

生下轉生後的阿諾斯。雖然有嚴重的妄想癖，卻是個溫柔且堅強的母親。

格斯塔

個性冒失但非常體貼，是阿諾斯轉生後的父親。

耶魯多梅朵・帝提強

君臨「神話時代」的大魔族，通稱「熾死王」。

【勇者學院】

建於蓋拉帝提，培育勇者的學院裡的教師與學生。

【地底勢力】

在亞傑希翁與迪魯海德的地下深處，存在於巨大空洞裡的三大國的居民們。

Maoh Gakuin no Futekigousha

Characters introduction

【魔王學院】

阿諾斯・波魯迪戈烏多

泰然且狂妄，具備絕對的力量與自信，人稱「暴虐魔王」而恐懼的男人轉生後的姿態。

米夏・涅庫羅

阿諾斯的同學，沉默寡言且個性老實，是他轉生後最初交到的朋友。

莎夏・涅庫羅

充滿了自信且略帶攻擊性的少女，但是很重視妹妹與夥伴，是米夏的雙胞胎姊姊。

艾蓮歐諾露・碧安卡

充滿母性且很會照顧人，是阿諾斯的部下之一。

潔西雅・碧安卡

由「根源母胎」產下的一萬名潔西雅當中最為年輕的個體。

安妮斯歐娜

在神界之門對面等待阿諾斯他們的潔西雅的妹妹。

【七魔皇老】

阿諾斯兩千年前轉生前，用自己的血創造出來的七名魔族。

【阿諾斯粉絲社】

由醉心於阿諾斯並追隨著他的人員組成的愛與瘋狂的集團。

§序章　【～誓約～】

一萬六千年前——聖劍世界海馮利亞。

萬里無雲的晴空架著一道巨大的天弓。

那個天弓並非七彩而是白色，是一道純白的彩虹。

那道光照耀在海馮利亞的大地上，並且不時化為道路。其被稱為虹路，在聖劍世界是正道的意思。

據說心懷勇氣堅持正道之人，將會受到海馮利亞的主神——祝聖天主艾菲的祝福。

海馮利亞的狩獵貴族無論何時都不能偏離正道。當面前出現那道白色彩虹時，他們會沿著虹路筆直地向前行。

哪怕前方是死地也依然如此。

因為虹路是經由祝聖天主艾菲的秩序，他們具現化出來的良心。

此刻受到自己的良心引導，男人也緩緩走在架在空中的白虹道路上，並且來到這裡。

他的頭髮斑白，臉上刻劃著皺紋，然後蓄有整齊的鬍鬚。雖然現在已經年老力衰，據傳他年輕時甚至是不輸不可侵領海的獵人。

他正是海馮利亞的元首，聖王歐爾多夫・海因利爾。

他步入一道格外閃耀的白虹中心。那裡座落著一座石造的莊嚴神殿，飄浮在虛空之中。

歐爾多夫踏著石版地面前進，最後站在祭壇前。祭壇的深處受到白虹的光輝所隱蔽。

他伸出手，靈神人劍伊凡斯瑪那便隨著光芒一同出現。歐爾多夫靜靜揮下握住的聖劍。

白虹光輝遭到斬斷，隱藏在深處的事物隨即現出身影。

寒氣外溢而出。

冰冷透明的塊狀物顯現出來，當中有一道黑色人影。那個東西——是一個巨大的冰柱。

而在裡頭的人影，是災淵世界伊威澤諾的不可侵領海——災人伊薩克。

歐爾多夫靜靜注視著沉睡在冰柱裡的那個男人。

「要是看到現在的我，你想必會說我衰老了吧。」

歐爾多夫短短吁了一口氣。

然後不再多說什麼，只是靜靜地面對著冰柱。

「——下定決心了嗎？」

不知從何處傳來男人的聲音。

或許是知道他會來，歐爾多夫並沒有轉身。

前來的是一名魔族青年。他擁有一雙犀利的魔眼（眼睛），以及一頭燃燒般的紅髮。

他是第一魔王——毀滅暴君阿姆爾。

「感謝您大駕光臨。可是我應該說過，請您先在外面等候吧？」

「現在的你想必沒有足夠的力量——」

阿姆爾走到冰柱前。

「能夠挪動這傢伙吧。」

阿姆爾帶著無畏的表情，將眼神轉向聖王。

「可以吧？」

停頓片刻後，歐爾多夫點點頭。

「我已經老了。下一任聖王不一定會作出不毀滅災人的決斷，所以已經無法將他繼續藏在這裡了吧。」

「即使趁他沉睡時下手，這個男人也不會輕易毀滅。」

阿姆爾這麼說完，歐爾多夫便立刻回答：

「應當在伊威澤諾持續沉睡的災人伊薩克，其實在海馮利亞的神殿裡。要是人民知道，他們不會認可這件事。」

「當初你作出抉擇時，就已經明白這個道理。」

「沒錯，那是我選擇的正道。我不能不負責任地將我的決定強加在一無所知的年輕人們身上。」

歐爾多夫轉向阿姆爾。

「我的夢想已經結束。最後，我必須為說過的謊言負起責任。」

「於是現在，你要我不為人知地將災人送回伊威澤諾？」

聖王點點頭。

「只要我們三緘其口，災人留在海馮利亞一事就不會曝光，眾人依舊會以為災人持續沉睡在伊威澤諾。你辦得到這件事嗎？」

阿姆爾抬頭仰望上方。

雖然這座神殿沒有屋頂，上方卻被一道光之結界所包覆。

在結界的另一頭，他的魔眼（眼睛）瞬間看到一座以隱蔽魔法遭到藏匿的飛空樹海。

「災淵世界的暗雲會阻擋外側世界的進入。儘管我知道竭盡全力仍能強行闖入——」

此時，一道身影從樹海深處飛躍而下，輕而易舉就突破結界，降落在神殿裡。那名身穿暮色外套的男人——正是二律僭主諾亞。

他那頭銀色的長髮，宛如置身水中般在空中飄蕩。

「不過這樣恐怕會被他人察覺。」

諾亞說道。

「既然如此，就陪我們到災淵世界吧。假如有你在，就能輕易潛入。」

被這麼一說，他不發一語地注視著阿姆爾。

「每次偶爾露個臉，就總是會被你捲進各種麻煩事。」

或許是將這句話視為同意，阿姆爾轉向歐爾多夫。

「正好有個很閒的不可侵領海在，這件事看來沒問題。」

「感激不盡。」

歐爾多夫向毀滅暴君與二律僭主恭敬地低下頭。

「我以狩獵貴族之名發誓，在下必定會回報這份恩情。」
阿姆爾與諾亞稍微互看一眼。
然後，諾亞伸手指向神殿的入口。
那裡有一扇光之門。
「那個怎麼樣？」
聽到諾亞這麼說，讓阿姆爾咧起一道戲謔的微笑。
「就是因為這樣，跟你在一起才不會無聊。」
阿姆爾畫出一道魔法陣。
下一個瞬間，光之門燃起火焰，迅速化作灰燼。
「您這是……？」
歐爾多夫困惑地轉過頭，這次換成二律僭主畫出一道魔法陣。阿姆爾與諾亞開始被吸入自己的影子裡。
「至少向自己的兒子說明真相吧。要是你的夢想在這裡中斷，未免也太可惜了。」
阿姆爾留下這句話後，消失在影子之中。
緊接著——
「「陛下！」」
響起兩道聲音。
光之門澈底化為灰燼，於是結界出現一道缺口。

通過那個缺口而來的是兩名狩獵貴族，他們分別是雷布拉哈爾德和巴爾扎隆德。

他們戰戰兢兢地走到父親身旁，便抬頭仰望眼前的冰柱。

用魔眼（眼睛）凝視、窺看其深淵後，他們一副不好的預感成真般露出凝重的表情。

「……聖王陛下……不，父親大人。」

雷布拉哈爾德說：

「……懇請您誠實地回答我……」

雷布拉哈爾德直直注視著父親。

巴爾扎隆德則低下頭，緊握著雙拳。

「在這個冰柱裡的人，是災人伊薩克嗎？」

源自體內深處的主神魔力。對熟知伊威澤諾的狩獵貴族來說，他們不可能看不出他的真實身分。

沉寂數秒後，歐爾多夫就像作好覺悟似的說：

「沒錯。」

「……為何……」

巴爾扎隆德宛如在責備他似的說：

「……我們是狩獵邪惡野獸，擁有高尚榮譽的狩獵貴族！至今可是有數千萬的獵人，喪命於他們的獠牙之下啊！」

歐爾多夫一臉愧疚地向情緒激動的巴爾扎隆德說：

「我感到很抱歉。不過，巴爾扎隆德——」

「這不是抱歉就能解決的事情！只要毀滅災人伊薩克，便可借助祝聖天主的力量祝福他們的世界。」

「你說得確實沒錯，可是……」

「沒什麼好可是的！只要這麼做，就能讓那個可憎的災淵世界走上正確的道路，重生為海馮利亞，將那群可憎的野獸們從這片銀水聖海上一掃而空，小孩子將再也無須畏懼亞澤農的毀滅獅子。」

「你說得沒錯，但是……」

「這不是我們狩獵貴族的宿願嗎？然而，這究竟是怎麼回事？父親大人，難道您已經喪失榮耀、偏離正道，背叛海馮利亞了嗎！」

巴爾扎隆德以充滿義憤的眼神瞪視著他。

歐爾多夫什麼也沒說，只是露出沉痛的表情。

「……您連藉口都沒有嗎……？您這是承認了嗎？」

「魯茲。」

雷布拉哈爾德就像在勸告他似的說：

「你稍微冷靜點。」

「可是，兄長！一句反駁也沒有，就是他無從辯解的證據——」

「反駁就在剛剛都被你打斷了吧？」

巴爾扎隆德閉上嘴巴。

臉上的表情彷彿在說：「是這樣沒錯啦。」

「對於無心聽取他人意見之人，我無話可說。」

「……唔、唔唔……」

大概是終於恢復冷靜，巴爾扎隆德不再責備聖王歐爾多夫。

「父親大人。」

雷布拉哈爾德努力保持冷靜：

「我的心情也和魯茲一樣。要是有什麼理由，希望您能告訴我們。」

歐爾多夫靜靜地點點頭。

「相傳在遠古的過去，災人伊薩克對災淵世界失去興趣而進入長眠，是因為沉睡正是災人最深的渴望。」

雷布拉哈爾德點頭附和。

「真相並非如此。」

「……並非如此是？」

「伊薩克是遵循誓約才陷入沉睡。而與他締結誓約的人，就是我。」

在片刻的沉默後，雷布拉哈爾德詢問：

「你們締結了什麼樣的誓約？」

「……我曾經有個夢想……」

歐爾多夫以祈求般的眼神望向兒子們，同時說：

「現在還不能說。要是你們當中有誰被選為聖王，到時我一定會說。另外就是——」

歐爾多夫的眼中帶著堅定的意志，明確地宣告：

「我今天要將災人送回伊威澤諾。」

「怎麼會……這種事太荒謬——」

巴爾扎隆德試圖上前走向聖王，雷布拉哈爾德伸手制止他。

「假如他是依照誓約陷入沉睡，此時毀滅他無疑是不義之舉。」

巴爾扎隆德立刻反駁說：

「對野獸設下陷阱並不可恥，這樣才能拯救許多生命。」

「既然如此，就一起守護榮耀與生命吧。這很簡單，只要強大並保持正直就好。」

聽到雷布拉哈爾德這麼說，巴爾扎隆德再度陷入沉默。

「父親大人，您覺得這是正確的道路嗎？」

雷布拉哈爾德帶著真誠的眼神詢問。

歐爾多夫明確地回答：

「締結誓約時，我看到了虹路，而且一直沿著那條道路走到這裡。然而，我似乎無法再繼續走下去了……」

聖王顯得有些寂寞。

「聖王陛下。」

雷布拉哈爾德端正姿勢，以恭敬的語調說：

「我會再次回到這裡。下次會帶著靈神人劍，為了繼承陛下的夢想而來。」

雷布拉哈爾德很尊敬他的父親歐爾多夫。

假如父親作為聖王，擁有未能實現的夢想，他想要親自為父親實現。

至於那個夢想究竟是什麼樣的內容，對他來說只是枝微末節的小事。

因為他相信，既然是聖王歐爾多夫所追求的夢想，就絕對是一個美好的夢想。

「魯茲呢？」

「既然是正道，那就沒有任何問題了。您一開始這麼說就沒事了。」

巴爾扎隆德一臉尷尬地說。

歐爾多夫看著自己精悍的兩個兒子，臉上的表情變得柔和。

儘管容易衝動且有些輕率，巴爾扎隆德的正義感強大。

擁有固執的一面，但是雷布拉哈爾德溫柔且充滿勇氣。

他們兩人是歐爾多夫的寶物。

他從未直接說出口。

其實他一直想著，等到將來要將聖王之位傳給他們其中一人時，向他們說出此事。

而那一天或許不遠了。

他從今日來到這裡的兩人身上，直覺性地感受到了這一點。

「我會保密的。」

巴爾扎隆德話這麼說，然後調轉腳步。

隨後，災人伊薩克的冰柱開始沉入其影子中。

那是二律僭主的魔法。他打算將災人伊薩克藏在影子裡，就這樣運送到伊威澤諾。

「慢著，巴爾扎隆德。」

巴爾扎隆德停下腳步。

「雷布拉哈爾德，我希望你也能用心聽好。儘管與災人無關，我還有一件事很在意。」

歐爾多夫這麼說當作前言，然後開始講述：

「最近出現一股向許多小世界提出邀請的勢力，你們應該知道吧？雖然歷史悠久，實力卻並不強大。其成員應該都來自淺層世界與中層世界，但是總覺得有些可疑。我強烈認為那個勢力背後存在複數，抑或是來自相當深層的深層世界成員。」

兩人十分認真地聽著。

歐爾多夫說：

「不要與帕布羅赫塔拉有任何瓜葛。」

§1　【自重】

——纖纖玉指輕輕觸碰我的臉頰。

「怎麼了？」

一道溫暖的呼喊撫過耳邊，溫柔喚醒我的意識。

這裡是帕布羅赫塔拉的魔王學院宿舍。我仰躺在寢室的床鋪上，米夏正低頭探看著我的臉，我的頭則枕在她的大腿上。

她那柔順的白金秀髮，在燈光下散發幻想般的光芒。

我在她那靜謐且充滿慈愛的眼瞳中，看見了月亮。

那是「源創神眼」。

「我忽然看到白日夢一般的景象。是一萬六千年前的海馮利亞。」

我回想方才閃過腦海的景象。

「隆克魯斯的記憶？」

米夏以神眼（眼睛）凝視我的深處，溫柔地修整著我受創根源的形狀。

「似乎是這樣。」

雖然沒看到隆克魯斯的身影，我看到了樹海船。

他大概在那艘船上吧。

「有什麼讓你在意的事情嗎？」

唔嗯……

我記得自己並沒有特別改變表情啊。

「妳還真是敏銳。」

於是米夏有些害羞地露出靦腆的微笑。

「因為我一直看著你。」

「有三件事讓我很在意。災人伊薩克是根據與海馮利亞的先王歐爾多夫締結的誓約，才會陷入沉睡，並且被藏在海馮利亞的神殿裡。歐爾多夫應該有機會消滅災人才對，他卻沒有這麼做。」

「為什麼？」

「他似乎有一個夢想，但是不知道是什麼樣的夢想。」

米夏直眨著眼睛。

然後微微笑了笑。

「你希望那是溫柔的夢想？」

「天曉得。不論如何，歐爾多夫已經退位了。假如他將夢想託付給雷布拉哈爾德，他會那樣頑固肯定有什麼理由吧。」

說完米夏便朝我微笑。

「我也是。」

她用視線輕撫著我的根源說：

「如果是溫柔的理由，我會很高興。」

我向米夏回以微笑。

「歐爾多夫也曾說過不要與帕布羅赫塔拉有任何瓜葛，可是在經過一萬六千年後的現在，海馮利亞已成為帕布羅赫塔拉的學院同盟。」

「這是另一件讓你在意的事情？」

我點點頭。

雷布拉哈爾德或許違背了先王的囑咐。

「我正好想詳細了解一下帕布羅赫塔拉呢。」

至今為止，雖然我們在這座帕布羅赫塔拉宮殿裡生活，歷經了銀水序列戰與六學院法庭會議，還有許多不清楚的事情。

說到底，這座帕布羅赫塔拉宮殿是哪個小世界建造的？

假如是創辦人，發言權似乎會比較大，然而聖上六學院看起來沒有一所受到特別待遇。

「隆克魯斯呢？」

「我根源裡的環境看來讓他相當難熬，感覺還需要一點時間適應。」

距離「融合轉生（radopirika）」至今還沒經過多少日子。與其等隆克魯斯甦醒，不如自己去查詢應該會比較快。

正當我要起身時，米夏伸手抓住了我的頭。

「今天不行。」

她將我的頭緩緩壓下，枕在自己的大腿上。

「因為柏靈頓的事情，明天會有一場六學院法庭會議。米里狄亞世界要是當上聖上六學院，周遭應該也會變得喧鬧起來。」

米夏倏地伸出食指輕觸我的胸口。

「根源還亂七八糟的。」

她的雙眼彷彿在請求似的注視著我。

「我會幫你治好，所以再等等。」

與隆克魯斯戰鬥之後，雖然根源的傷勢曾一度開始癒合，卻在柏靈頓的「紅線」影響下再度裂開。

因為順從了亞澤農毀滅獅子的渴望，導致毀滅力量開始失控。雖然強行壓制下來了，受到的損傷比外來的傷勢更加嚴重。

「毀滅力量能疏導到二律劍上，不會有什麼大礙。」

「這麼做只是讓你可以勉強自己。」

米夏直瞪著我。

「變得即使身負重傷也能行動，讓我更加擔心了。」

「咯哈哈。」

我這麼一笑置之。

「不用這麼大驚小怪。妳難道以為這點小傷就能毀滅我嗎？」

米夏搖了搖頭。

「毀滅以外的事情也很讓人擔心。」

她眼中帶著擔憂說：

「請不要習慣流血和受傷。阿諾斯一旦受傷，我也會很難受。」

「……唔嗯。」

雖然沒有問題，假如被如此迫切地請求，就沒辦法完全無視。

「米夏還真愛操心耶。那就沒辦法了。」

這麼說完，她便開心地笑了。

「抱歉，這麼愛操心。」

就像要表達感謝之意一樣，米夏輕撫我的頭髮。這樣還真是難為情的一件事。

「也好，只要當上聖上六學院，我們在帕布羅赫塔拉也會擁有權利吧。等到明天再行動，說不定會比較方便調查。」

「嗯。」

「話說回來——」

我指著寢室的房門。

注入魔力後，門猛然打了開來。

「呀啊啊啊！」

門後的莎夏失去平衡，然後向前撲倒。

「還好嗎？」

米夏一臉擔心地問。

莎夏沒能護住身體，整張臉撞在地板上。

「……一點事也沒有啦……」

這副模樣可沒有說服力喔。

「所以？」

我向把臉埋在地板上的莎夏問：

「妳在玩什麼？帕布羅赫塔拉的地板可是很硬的喔。」

「誰在玩啊！突然把門打開，當然會變成這樣吧！我原本以為你跟米夏在談正經事，突然開門未免太過分了！」

莎夏就像裝了彈簧似的突然彈起，言辭尖銳地吐槽。

「真是的，鼻子稍微變塌了啦。」

莎夏輕撫著有些變紅的鼻頭。

「抱歉。」

我起身走到莎夏身旁緩緩伸手，用指尖輕輕碰觸她的鼻子。

「咦……？那、那個……阿諾斯……？」

「既然如此，那我就負起責任——」

我開朗地笑了笑。

「——幫妳拉挺吧？」

「快・住・手。」

我忍不住「咯哈哈」地發出笑聲。

「所以？」

或許是沒掌握到我的意圖，莎夏一臉困惑地回望著我。

「妳從剛才就在門前做什麼？要是有事，進來不就好了？」

「……可是……」

莎夏稍微垂下目光喃喃低語：

「……我擔心會打擾到你們……而且失控的力量已經疏導到二律劍上，沒必要用『破滅魔眼』消滅了……」

以前為了抑制我的毀滅根源，要憑靠莎夏的「破滅魔眼」來抵消魔力，然而如今既然能夠將多餘的力量疏導到二律劍上，就不太需要她這麼做了。

修整紊亂的根源形狀這件事很緊要，不過這應該是莎夏不擅長的領域。

「……這樣的話，我就一點忙也幫不上了……」

「什麼嘛，原來是這種事啊。」

「這種事……對阿諾斯來說，是這樣沒錯啦……」

莎夏低著頭，緊緊抓住自己的制服衣襬。

我返回床鋪，同時這麼說：

「治療中會很無聊。假如妳有空，就陪我聊天吧。」

莎夏微微抬起頭。

「……但是，已經有米夏陪你了……」

「我跟妳聊天不會膩。」

說完莎夏便逐漸綻開笑容。可是，她大概覺得現在露出笑容會顯得太過勢利眼，於是把臉別開，隱藏自己的表情。

「……這、這樣啊？那麼，要是你說無論如何都想跟我聊天，我就考慮一下吧……」

「我無論如何都想跟妳聊天。」

她將別開的臉轉了過來。

「……好……」

莎夏一面努力壓抑喜悅之情，一面走近床鋪坐下。

「莎夏。」

米夏再度將我的頭放在大腿上，同時向姊姊伸出手。

「借我魔力。」

「用魔法線不好嗎？不會礙事嗎？」

米夏連忙搖頭。

「過來。」

莎夏牽起米夏的手，被她拉過去坐在旁邊。

「再靠近一點，貼著我。」

「……嗯……呀……！」

莎夏就像嚇一跳似的叫出聲。

米夏將我的頭輕輕抬起，枕在兩人的大腿之間。

「一人一半。」

當米夏朝她微笑後，莎夏便害羞似的低下頭。

「因為腳會麻。」

「這、這樣的話，就沒辦法了呢……嗯……沒辦法呢……」

她這麼說，一邊紅著臉偷偷瞥了我一眼。

「……啊，話說回來，有件事讓我很在意。」

莎夏輕聲細語地對我說：

「阿諾斯的前世，很有可能不是在米里狄亞世界，而是在某個深層世界對吧？當時的記憶啊，難道沒辦法取回來嗎？你想想嘛，要是能夠取回來，就能明白帕布羅赫塔拉的事情也說不定……」

看來她有仔細聆聽方才我和米夏之間的對話。

「如果知道會轉生，我或許會將記憶遺留在某處。就像我的父親賽里斯和伊杰司在艾蓮妮西亞世界這麼做過的一樣。」

封有「滅紫雷眼」的魔法珠和緋髓愴，裡頭應該不只有力量，還封存了記憶才對。

他們知道憑藉當時的「轉生（shirika）」，轉生會變得不完全。既然如此，認為他們事先做好了準備，是很自然的想法。

「大概還得看我在銀水聖海的前世是什麼時候死去的吧。假如是在艾蓮妮西亞世界重生為米里狄亞世界之前，轉生的秩序極其地微弱。」

「不過米里狄亞世界是在七億年前形成的吧？」

「在銀水聖海是只有一萬四千年前左右的事。」

莎夏露出疑惑的表情。

於是米夏進行了說明：

「因為露娜掉落到艾蓮妮西亞世界，是在一萬四千年前。」

「……啊，這樣啊，這麼說也是……咦？可是米里狄亞世界自創世以來，確實已經過了七億年對吧……？」

「大概是時間出現了偏差吧。」

「……我想想喔，也就是說，在這個第七艾蓮妮西亞世界經過一天，米里狄亞世界很可能已經過了一年，或是更長的時間嗎？」

「簡單來說是這樣沒錯。然而，在我們至今去過的小世界與米里狄亞世界之間，並沒有確認到時間的偏差。這個第七艾蓮妮西亞的一秒，和米里狄亞世界的一秒完全相同。」

莎夏的表情變得越來越困惑。

「既然如此，這是怎麼一回事？」

「過去曾經因為某種原因，使得時間出現了偏差。然後現在已經恢復正常了吧。」

比方說，在這片銀海的時間停止時，假如只有米里狄亞世界經過了七億年，那麼情況就說得通了。

就不知道是米里狄亞世界加速了，還是其他小世界停止了。
「這就是我所在意的第三件事。」
「今天不行。」
由於米夏立刻這麼說，使得我忍不住笑了出來。
「稍微想一想又不會毀滅。妳說是吧，莎夏？」
「這種只要不毀滅就毫髮無傷的想法，我勸你還是放棄比較好。」
我從喉嚨發出咯咯笑聲。
她們還真不愧是姊妹，講的話還真是相似。

§2 【聖劍的聲音】

隔天早上——
我醒來時，眼前是一雙緊緊注視著自己的眼睛。
「早安。」
米夏帶著微笑說。
大概是徹夜未眠地在為我治療吧。而在她身旁，則是躺著發出香甜鼾聲，裹在被單裡睡覺的莎夏。

「……我應該說過治療到我睡著就好了。」

「給你添麻煩了？」

米夏微歪著頭問我。

真是拿她沒辦法。

我坐起身，就像慰勞她一般輕輕拍她的肩膀。

「多虧了妳，我身體的狀況相當好。」

「太好了。」

我一下床，便在腳下畫出一道魔法陣。當魔法陣升到頭頂上時，我身上穿著的睡衣就換成制服。

然後剛走起來，米夏就跟在我身後。

「時間還早，下去休息吧。」

「我沒問題。」

她已經取回創造神的權能，力量獲得了強化。

應該不會再像那時候一樣，因為代替我承受疲勞而無法動彈，不過……

「昨晚稍微熬夜了，我不覺得她會好好醒來。」

我看向發出香甜鼾聲的莎夏，米夏也跟著看了過去。

大概是我要她把姊姊叫醒的意圖傳達給她了。

「我明白了。」

「待會兒見。」

我離開寢室，然後用自己的腳走出宿舍。

辛就站在宿舍大門前。

魔王學院擒獲讓福爾福拉爾滅亡的主謀，這則傳聞已經在帕布羅赫塔拉內部傳開。情報來源是熾死王幾乎每天都在發布的號外。

米里狄亞世界由不適任者來擔任元首。由於那些不樂見泡沫世界成為聖上六學院的傢伙們有可能會乘夜襲擊，他率先擔任起警戒工作。

雖然他閉著眼睛，只有一半的意識在沉睡，只要察覺異狀，他應該立刻就會拔劍。注意到我的氣息，他睜開眼睛。

「沒有異狀。」

「辛苦了。下去休息吧。」

「遵命。」

辛在目送我離去後，便返回宿舍。

我悠哉地走過宮殿的走廊，來到了庭園。

從一大早開始，爸爸和媽媽就在學生餐廳「大海原之風」裡辛勤地忙著製作麵包。在店舖前，耶魯多梅朵正一邊站著吃麵包，一邊向娜亞說明下一份號外的內容。

沒看到其他客人。

在庭院的一角，一位男子正坐在岩石上，靜靜地注視著聖劍。

「雷伊。」

我呼喚後，他轉過頭來。

「嗨，起得真早呢。」

「沒有你早。」

我說著的同時來到他的身旁。

雷伊的視線回到靈神人劍上。就像在窺看其深淵一般，他用魔眼專心地凝視。

「我睡不著耶。」

「哦？」

「……總覺得靈神人劍好像發出聲音。從我們正要離開伊威澤諾的時候開始……」

我將魔眼（視線）移到雷伊手中的靈神人劍上。

魔力的波動幅度稍微有點大。給我一種試圖施展全力，卻無法完全發揮出來的印象。

不過，我沒聽到聲音。

「現在也是嗎？」

「微微地。」

雖然我豎耳傾聽，情況還是一樣。

那或許是只有靈神人劍的使用者才能聽到的聲音。

「它說了什麼？」

「儘管不確定，大概是——」

雷伊對聖劍豎起耳朵並且說：

「——救救我。」

「原來如此。」

「在米里狄亞世界的時候，從來沒發生過這種事。」

來到銀水聖海後，它開始能盡情施展力量。這樣的靈神人劍想要傳達什麼訊息嗎？希望不是不祥事態的前兆就好了。

「要去問問巴爾扎隆德嗎？」

「說得也是。」

就在這時，有人從背後用雙手遮住了我的視線。

背上傳來柔軟的觸感。

「猜猜我是誰～？」

「艾蓮歐諾露嗎？」

遮住眼睛的手離開。

當我回過頭，帶著悠哉笑容的艾蓮歐諾露向我遞出裝有麵包的紙袋。

「答對了喔！來，這是獎品的希望麵包。」

「拿來吧。」

我從艾蓮歐諾露手中接過希望麵包。

「好的。也給雷伊弟弟一份喔。」

「儘管我很高興，現在有點看不見前面呢。」

潔西雅從背後遮住了雷伊的雙眼。

「啊～潔西雅？要是不說『猜猜我是誰～』，即使是雷伊弟弟也猜不到喔？」

「……猜猜……我是誰……！」

「會是誰呢……？」

剛剛應該已經聽到答案才對，雷伊還是認真地陪潔西雅玩。

「是安妮斯歐娜嗎？」

「你……答錯了……！」

潔西雅得意揚揚地回答。

「那麼……是潔西雅嗎？」

「你……答錯了……！」

真是不講理的遊戲。

「作為懲罰……潔西雅要沒收雷伊的麵包……！」

「呃……妳果然是潔西雅吧？」

「雖說是潔西雅……難道你以為……我就是潔西雅嗎……？」

潔西雅一邊說，一邊貪心地張大嘴巴。

「不可以掉出來喔？」

艾蓮歐諾露將麵包放進潔西雅的口中。

她將麵包塞滿嘴巴，大口咀嚼著。

「有提示嗎？」

「希天洗得很早。」

雷伊一臉認真地沉思。

「……意外地很難呢……魔法文字的暗號……從語感來看，似乎相當古老……」

「她就只是被麵包塞滿嘴巴，沒辦法好好說話喔。潔西雅，雷伊弟弟會混亂，提示等吃完麵包之後再說喔！」

「我吃道了。」

潔西雅細嚼慢嚥地吃著麵包，「咕嘟」一聲吞了下去。

「提示……潔西雅……即使是潔西雅……也是壯舉的潔西雅……是什麼……？」

「嗯～？應該再多給一點提示比較好吧？」

「沒……問題……！」

潔西雅一臉得意，斬釘截鐵地斷言。

雷伊露出爽朗的笑容。

與其說他知道答案，更像是覺得自己只能笑的表情。

「我投降喔。」

「妳看，好像稍微有點難喔。」

潔西雅使勁地搖頭。

然後，她踏著小碎步繞到我背後，拉著我的制服袖子。

當我蹲下來後，潔西雅就伸手遮住我的雙眼。

「……猜猜我是誰…………」

「也是呢。潔西雅不曾在這種時候自己醒來，所以答案是早起的潔西雅吧。」

「哇！答對了！」

艾蓮歐諾露驚訝地說。

潔西雅將手從我雙眼上拿開，並且從背後探出身子。

「阿諾斯……雷伊……在做什麼……？」

「他好像聽到靈神人劍發出聲音。」

說完潔西雅伸手抓住我的肩膀，輕盈一跳。

當她跳到雷伊面前落地後，便將耳朵貼近靈神人劍，好像在聽著什麼聲音一樣。

「雖然不確定具體的內容，我感覺到靈神人劍似乎正在向我傳達什麼訊息。如果真是這樣，我想要回應它。」

「嗯～？不過，這不是為了毀滅亞澤農的毀滅獅子所打造出來的聖劍嗎？如果它要你毀滅阿諾斯弟弟，那可就傷腦筋了喔？」

艾蓮歐諾露倏地豎起食指。

「這個嘛……」

雷伊露出苦笑地說。

「……我……聽見了……」

「咦？」

艾蓮歐諾露發出疑問。

「呃～可是潔西雅聽得見嗎……？」

「不知道耶。潔西雅也具備勇者的素質，就算她能聽見靈神人劍的聲音也不奇怪……」

或許也能夠認為是她的波長碰巧與那道聲音對上了吧。

「它說了什麼？」

潔西雅說：

「……提早甦醒……」

「提早甦醒？」

艾蓮歐諾露與雷伊互相對視，就像在問：「到底是什麼提早甦醒了？」

「……提早甦醒的……孩子……」

艾蓮歐諾露點了點頭，等她繼續說下去。

「……獎勵是……蘋果派……」

「靈神人劍才不會說這種話喔！」

只是她的願望而已。

可是潔西雅仍然一臉認真地說：

「這樣……或許……能夠拯救世界……」

「沒有這回事喔！絕對不可能喔！要怎麼樣靠蘋果派來拯救世界啊？」

「……不可能之事……人們……稱之為……奇蹟……」

「真是的～這可不是想吃蘋果派時說的話喔！妳在哪裡學到這些話的啊？要是模仿耶魯多梅朵老師，長大後可是會變成壞人喔！」

在學生餐廳前站著吃麵包的熾死王，就像很在意似的轉頭看來。

我與雷伊互看一眼後，彼此露出笑容。

「如果是這種請求，那就沒意見了呢。」

「就是說啊。」

§3　【認同】

第三深層講堂——

座位就像競技場觀眾席一樣呈圓形階梯狀，上頭擠滿了眾多學生。

在特例的法庭會議舉辦之前，帕布羅赫塔拉的學院同盟，總共一百八十二所學院皆聚集在此。由於怎麼樣也無法容納所有人，限制各學院僅由元首或重要人士的少數人入場。

即使如此，圓形室內還是擠滿了人潮。

中央講臺呈六角形，上頭擺放著格調高貴的桌椅。從周圍的座位來看，彷彿是從上方俯視講臺的樣子。

裁定神奧特露露已經站在講臺上，聖上六學院的各個代表也都入座了。

序列第一的魔彈世界艾蓮妮西亞的代表是深淵總軍一號隊隊長，吉恩．安巴列德。

序列第二的聖劍世界海馮利亞的代表是元首，聖王雷布拉哈爾德．海因利爾。

序列第三的鍛冶世界巴迪魯亞的代表是元首，雜貨工房的魔女蓓拉彌．斯坦達多。

序列第四是傀儡世界魯澤多福特的代表是代理元首，人型學會的軍師雷科爾。

序列第五的災淵世界伊威澤諾的代表是代理元首，娜嘉．亞澤農。

由於序列第四的夢想世界福爾福拉爾已經毀滅，位於其下的學院皆依序遞升順位，第六名的位置因此空缺。

我此時正站在講臺的中央附近。

「不過這是怎麼回事啊？」

沙啞的老婆婆聲音響起。

蓓拉彌一面把腳擱在桌面上，一面向正襟危坐的吉恩．安巴列德說：

「竟然連這種時候都沒來，艾蓮妮西亞的大提督大人到底在何處幹些什麼啊？」

「恕我無法奉告。」

吉恩像個軍人一般，以耿直的聲音回答。

「這次的議題與米里狄亞加入聖上六學院有關吧？我想過大提督大人要是來了，情況似乎會變得很麻煩，然而要是他不來，情況似乎會變得更麻煩不是嗎？」

蓓拉彌就像在閒聊一般說。

「有關本案，基基大提督已全權交給我處理。請您理解，我的話即是魔彈世界艾蓮妮西亞的決定。」

「是這樣嗎？我還以為他打算先不出席，等到事後再來挑毛病呢。」

蓓拉彌躺在椅背上，把手交叉在頭上。

「位於深層之人要管理淺層之人，是大提督大人的想法。泡沫世界說不定就要加入聖上六學院了，他卻沒有出席，總覺得讓人無法接受呢。」

說完雷布拉哈爾德開口說：

「意外地，大提督大人或許也變安分了。畢竟只要不出席，他就不需要反對。」

「那位大人會有那麼高尚的想法嗎？」

蓓拉彌彷彿自言自語似的嘀咕。

「不論他事後要怎麼講，都無法顛覆法律。即使在帕布羅赫塔拉裡，艾蓮妮西亞是最為深層的世界也一樣。」

「哼～那位大提督大人還真是個不協調的人呢。」

娜嘉輕佻地說。

從語氣來看，她或許不曾見過魔彈世界的元首。

「假如他有亞澤農的毀滅獅子那般的協調性，事情或許就能更快解決了。」

「哎呀？你這是在說協商毫無意義的意思嗎？」

「我並沒有這個意思。」

面對露出微笑的雷布拉哈爾德，娜嘉同樣回以笑臉。

「話說回來，雷科爾，魯澤多福特的下任元首是你嗎？」

或許是對兩人之間的口角感到厭煩，蓓拉彌像這樣改變話題。

雷科爾微微抬頭。

他依然是一副纏繞著黑暗的全身鎧甲模樣。

柏靈頓也是如此，然而不愧是傀儡世界，魯澤多福特的居民或許全都是以人偶為容器。

「目前元首尚未決定，有待傀儡皇決定。」

「唉，就算聖上六學院是泡沫世界，魯澤多福特大概也無所謂吧。」

就目前為止的對話來看，魔彈世界艾蓮妮西亞似乎對米里狄亞是泡沫世界這件事表示了擔憂。

儘管其他小世界中或許也有許多感到不滿的元首，那麼，究竟會發生什麼事呢？

「時間已到。那麼即刻起，開始舉行六學院法庭會議。」

奧特露露的聲音在講堂裡響徹開來。

圓形階梯狀座位上的學生們紛紛端正姿勢，或是將視線朝向講臺。

「一如事前通知，聖上六學院之一的夢想世界福爾福拉爾遭到某人毀滅。我們逮捕了被視為主謀的人物，並在帕布羅赫塔拉確認了真假。」

奧特露露將紅色稻草人偶高高舉起，同時畫出一道魔法陣。

其模樣被放大顯示在球型黑板上。

緊接著，元首們的視線隨即變得凝重。

「那是……？」

「……人型學會的……人偶皇子。」

元首們以魔眼窺看深淵，正確看穿了寄宿在紅色稻草人偶上的根源。

「主謀之名是傀儡世界的前元首柏靈頓．安內薩，他坦承是自己親手毀滅了福爾福拉爾。而我們也已確認過，他能施展犯案時所使用的魔法——『極獄界滅灰燼魔砲』。」

講堂立刻嘈雜起來。

「……怎麼會……竟然是帕布羅赫塔拉內部犯下的……！而且犯人還不是伊威澤諾，而是魯澤多福特……！」

「我原以為是在胡說八道，沒想到這份號外竟然是真的……」

一名元首瞪著手中的魔王報紙號外。

「也就是說，活捉到主謀的那個泡沫世界，將會升格為聖上六學院——」

「別隨便亂說！不一定連這件事都是真的！」

雖然各種推論此起彼落，使得講堂一時之間喧鬧不已，隨即就像要等待奧特露露解釋一般安靜下來。

「查明柏靈頓是主謀並將其活捉的，是序列第十八位的魔王學院元首阿諾斯。有鑑於這份功績，帕布羅赫塔拉會讓他們升格為序列第六位。贊成的人——」

在奧特露露說出「請舉手」之前，雷布拉哈爾德先站了起來。

「在這之前，我能說幾句話嗎？」

「允許雷布拉哈爾德元首發言。」

當奧特露露這麼說完，雷布拉哈爾德的身影便顯現在球型黑板上。

「我們會迎接逮捕主謀的學院成為聖上六學院。這點一如事前通知，是六學院法庭會議決定的事項，這次的會議只不過是形式上的程序。除非聖上六學院全體反對，或是阿諾斯元首辭退，否則將無法推翻這項決定。」

雷布拉哈爾德向各個小世界的元首們進行說明。

「然而，在我們學院同盟當中，或許也有人對於讓不存在主神的泡沫世界加入聖上六學院感到一絲不安。」

有數名學生用力點頭。

「因此首先，我想聽聽各位的意見。儘管不會對六學院法庭會議的決定有直接影響，也許能改變我們五人的想法。」

雷布拉哈爾德朝我看來。

「或是阿諾斯元首的想法。」

奧特露露接受他的意見說：

「認可雷布拉哈爾德元首的提案。既然如此，接下來將由序列第七以下的學院進行表決。此外，表決的結果並不會影響決議。那麼，贊成讓魔王學院升格的人請舉手。」

只有零星幾隻手舉了起來。

他們分別是銀城世界巴蘭迪亞斯的賽門、粉塵世界帕里維亞的利普元首、思念世界萊尼埃里翁的多納爾多元首，以及其他四名嗎？

「贊成七位，反對一百六十九位，因此由反對票占多數。」

唔嗯。

理由之一是他們無法接受沒有主神的小世界。剩下的理由，大概就是不想留下贊成的事實吧。

因為序列第一的魔彈世界艾蓮妮西亞，似乎採取了不認同泡沫世界的方針。既然蓓拉彌會擔心基基大提督打算事後再來挑毛病，就算其他學院也有相同的想法也不足為奇。

反正結果不會變。

他們不想在這裡輕率贊成，導致自己被魔彈世界盯上。

而利用了這種心理的人——

「阿諾斯元首。」

恐怕就是這個男人——雷布拉哈爾德。

「看來帕布羅赫塔拉幾乎所有成員都反對的樣子，不過這件事並不影響升格。就這樣繼續進行也無所謂，你也有權選擇尊重他們的判斷。」

他是個嚴守法律的男人。

既然法庭會議已作出決定，米里狄亞加入聖上六學院的事情就無法顛覆。

可是這項決定終究只是一種權利，並非義務。

「唔嗯，這番話聽起來就像要我辭退呢？」

「我只不過是提供選擇。你想不顧反對地加入聖上六學院也行，想獲得他們的認同再加入也行。哪一條道路才是正道，選擇的人是你。」

他在伊威澤諾曾經說過要盡可能地讓眾人接受，不過還真是採取了相當麻煩的手段。

帕布羅赫塔拉的決策，主要經由聖上六學院的法庭會議來決定。

話雖如此，實際上應該無法完全無視其他學院。

是有如此規模的同盟。

要是不在某種程度內採納他們的意見，將會陸續出現不滿，導致組織瓦解。

也就是說，只要留下幾乎所有學院都反對的事實，即使米里狄亞加入聖上六學院，其權利也會變得有名無實。

他的目的是要削弱我方的發言權嗎？

「我並非想要提高序列，而且有這麼多人反對，處境也會變得很尷尬。倘若想要有顯赫的頭銜，就必須先獲得學院同盟的認同。」

雷布拉哈爾德點點頭。

「既然如此，這次升格就先暫緩，沒問題吧？」

「你是不是誤解了什麼？」

雷布拉哈爾德的眉頭挑了一下。

我當場飛上半空中。

環視周圍的座位凜然地說：

「反對者都站起來吧。我就依照你們決定的規則將你們全數打倒，讓你們澈澈底底地認同吧。」

§4 【元首與歷史】

「爾完完全全誤解了呢。」

伴隨著一道刻薄的聲音，一名元首站了起來。

他是個皮膚呈紅色，鼻子異常長的男人。

「既然米里狄亞乃泡沫世界，爾等魔王學院就配不上聖上六學院。淺層遭受掠奪，深層進行統治，此乃這片銀水聖海的秩序。試圖逾越常理的爾等會因此對帕布羅赫塔拉帶來什麼樣的影響，眾人根本無法預測。」

男人摸著下巴，同時繼續說：

「的確，魔王學院或許多少有點實力。既然爾等能在序列戰中擊敗伊威澤諾，就不遜於聖上六學院。然而，沒有主神的銀泡不會長久，此乃世間的常理。又或者，如果這是瀕臨毀滅的小世界散發出來的最後光芒，那麼也就能理解爾等為何擁有如此強大的力量了。」

「唔嗯，你叫什麼名字？」

「吾乃是序列第十一位，瘴氣世界辛茲博爾的元首天狗大帝高歐。」

高歐散發老奸巨猾的氣息，如此報上名來。

「爾必須理解這件事，泡沫世界的元首。不論再怎麼強大、再怎麼聰明，淺薄的霸者都不會在這片海上獲得認同。」

「高歐大人所言極是。」

伴隨著這道聲音，一名眼神銳利的女子站了起來。

她擁有一頭留長的紺碧秀髮，耳朵宛如魚鰭一般，頭上佩戴著貝殼的髮飾，周圍還飄浮著水球。

「我以水算女帝莉安娜普莉娜之名宣告，水算世界賽萊納也反對魔王學院升格。」

「同右。」

「我們世界也不認同不適任者。」

就像決堤一般，各個小世界的元首們紛紛站了起來。

其數為——一百六十九名。

「要吾輩決定規則……爾方才是這麼說的吧，米里狄亞的元首啊？然而很遺憾，不論爾在什麼樣的對決中贏得勝利，吾輩都絕不會認同現在的魔王學院。哪怕爾贏了一百次、一千次，甚至擊敗所有聖上六學院，結果都一樣。爾等先讓象徵奇蹟的主神覺醒之後，再重新來過吧。」

天狗大帝高歐這樣說。
其他元首就像贊同他的意見一樣，也朝我瞪來。
「即使對手只有我一個人嗎？」
「什麼？」
「我不會讓部下出手，反對的人全部一起上。假如你們贏了，我發誓今後再也不會加入聖上六學院。」
停頓一會兒後，高歐就像提高警覺似的視線變得銳利。
「……很可惜的是，吾不會上爾這種當……吾非常清楚爾的實力，不會做出這種輕視爾的行──」
「我讓你們一隻右手。」
「…………爾說什麼？」
「不服嗎？那我讓雙手如何？」
高歐緊緊抿著嘴脣。
不過他沒有立刻答應。
還真是出乎意料地慎重。
「怎麼樣？我不僅讓你們雙手，規則還由你們來決定。」
「爾還真敢說呢。假如吾說要比腕力，爾要怎麼辦？」
「要試試嗎？跟無法使用雙手的我比腕力。」

高歐就像在思索一般沉默下來。

還差一點嗎？

「高歐大人。」

這時插話的，是水算女帝莉安娜普莉娜。

她周圍的水球聚集起來，形成了一副算盤。莉安娜普莉娜以指尖撥動那副算盤，並且嬌媚地說：

「答應他的條件並非上策。即使是跟無法使用雙手的阿諾斯元首比腕力，勝算也幾乎不會變動。我們的勝率是零。」

她的魔眼（眼光）相當不錯。不對，與其說是魔眼，不如說是那副水算盤嗎？

那是精靈魔法。因此雖然無法確定原理，她或許計算出了即使我無法使用雙手，比腕力也還是我會贏的答案。

「唔嗯，吾就聽從水算女帝的計算吧。」

高歐說。

這表示她的計算就是如此值得信賴吧。

「爾是能夠輕易突破聖道三學院洗禮的男人，還有傳聞說爾曾經和那位二律僭主交過手。既然如此，吾輩就應該將爾視為不可侵領海等級的敵人。」

高歐如此說完，莉安娜普莉娜就接著說：

「阿諾斯元首，你確實很強大。儘管如此，你絕對贏不了不和你對決的我們。要是你想加入聖上六學院，就隨你高興吧。」

「反正不會有人認同爾。」

他們的判斷沒錯。即使對上強大的敵人，只要不與對方對決就不會敗北。

然而如今的他們忽略了一件事情。

「還真是掃興。學院同盟的元首們齊聚一堂，卻想不出一個能勝過我一人的方法嗎？」

我環視保持沉默的元首們。

「爾以為吾輩會被這種低水準的挑釁激怒嗎？」

「挑釁？你是這麼想的嗎？」

高歐眉頭不皺一下。

莉安娜普莉娜也一臉平靜地撥打著水算盤。

「你們帕布羅赫塔拉的人們一直在說主神是不可或缺的存在，可是真的是這樣嗎？至少我們米里狄亞世界即使沒有那種東西，運作上也毫無不便。」

「歷史已經證明這是愚者的想法。至今在這個帕布羅赫塔拉的學院同盟當中，不論是什麼樣的小世界，都無法在沒有主神的情況下繼續存留。米里狄亞世界也遲早會崩潰瓦解，葬身在這片大海之中。」

「歷史是創造出來的。」

元首們向我投來銳利的視線。

「爾真的太傲慢了，米里狄亞的元首啊。爾這是在輕視吾輩帕布羅赫塔拉的歷史，以及歷經過無數滅亡之後得到的教訓嗎？」

「假如要談論歷史，那麼你應該知道吧。發現新真相的，永遠都是一小撮的開拓者。」

不只是高歐和莉安娜普莉娜，我向在場的全體元首們說：

「我不知道你們經歷了多麼悠久的歲月，也不知道有多少小世界滅亡。然而，在帕布羅赫塔拉至今的歷史中並沒有我，這就是答案。」

「……實在是傲慢至極……」

雖然他壓抑著聲音，言辭之中卻散發著怒火。

「爾的意思是，由眾多世界集結而成的智慧，比不上爾一人的淺薄見識嗎？誰會相信如此愚蠢的話啊？」

「既然如此，那就集結在場一百六十九位元首的智慧，來跟我鬥智吧。」

本來想反駁的天狗大帝高歐沉默下來，臉上的表情變得嚴峻。

「你們可以任意決定規則。要是聚集這麼多人，而且集結這麼多智慧與力量，也依然沒有勇氣來挑戰我一人，這種亂七八糟的認同也就沒必要了吧？」

反對派的元首們全都露出苦澀的表情。

我繼續向他們施加壓力說：

「別誤會了，小世界的元首們。我這是在給你們機會。要是除了歷史之外沒有別的話可說，就躲回自己的世界裡，去跟挖掘出來的化石對話就好。」

米里狄亞世界加入聖上六學院，本來就是帕布羅赫塔拉的決定。

雖然最好也能獲得其他學院的認同，如果他們是不值得對話的對象，情況就不同了。

我向他們指出這個事實說：

「要是你們作為元首，擁有自己是創造今後歷史之人的自覺，那麼就在這裡展現相應的智慧吧。」

「…………吾不會上這種當——」

「好吧。」

高歐猛然回頭。

作出承諾的，是水算女帝莉安娜普莉娜。

「他那認為我們毫無遠見的態度讓我感到不快。」

「……莉安娜普莉娜女王……萬一輸了，就等於吾輩認同了那傢伙啊。這種比起實際利益選擇自尊的判斷，吾勸妳最好三思啊。」

「你才要仔細想想。他已經說了我們要是不挑戰他，他就要無視我們的反對，直接加入聖上六學院了呀。」

「他不會受到認同。」

莉安娜普莉娜嘆了口氣。

「真是無話可說呢。你才應該停止這種比起實際利益，選擇找麻煩的小動作。」

「唔……妳說什麼！姑且不論從前，現在妳不過是序列第十三位……」

「在下也贊成莉安娜普莉娜女王的決定。」

「什麼……」

當高歐憤恨地看向聲音傳來的方向後，站在那裡的是聖道三學院——聖句世界的大僧正貝爾馬斯。

「雖說站在反對的立場上，只要是泡沫世界就絕對不認同的態度，也會影響到帕布羅赫塔拉的格調吧。」

「……唔、姆……可是……」

「可是什麼？」

「……既然聖句世界的元首這麼說，那吾也不得不履行義務了……」

大概是因為聖句世界阿茲拉本的序列更高，高歐這麼說著作出退讓退讓。

「還有其他人有意見嗎？」

即使他這麼問，也無人回應。

雖然我不覺得所有人都完全同意這件事，他們大概不願出面發言成為眾矢之吧。

畢竟他們之中序列最高的聖句世界已經說要挑戰了。

就算打著「再不濟也能將責任推卸給他」的主意，也不足為奇。

「那你們就決定對決規則吧。」

「莉安娜普莉娜女王——」

大僧正貝爾馬斯說：

「請問妳的想法如何？」

「就如他所願比智慧，然後以我們遭到小看的力量來戰鬥。以符合帕布羅赫塔拉的古老傳統，同時無法使用他所擅長的毀滅魔法來比拚，也就是——」

莉安娜普莉娜充滿自信地撥動水算盤。

「以銀水將棋來決勝負。」

§5　【銀水將棋】

奧特露露伸出一隻手，向設置在深層講堂裡的轉移固定魔法陣注入魔力。

「銀水將棋只能在『機關淵盤』上進行。現在要移動到宮殿的最深處，請問可以嗎？」

「我無所謂。」

「那就開始轉移。」

轉移的固定魔法陣啟動，眼前被染成純白一片。下一瞬間，映入我眼中的是一片冰面。

這片冰面彷彿無邊無際地往外延伸。周圍宛如黑穹一般漆黑，僅有腳下散發微弱的光芒朦朧地照亮我們。

「……這是什麼？應該不是一般的冰吧……？」

莎夏蹲了下來，一臉好奇地伸手碰觸冰面。

米夏靜靜地用神眼（眼睛）凝視，窺看冰面的深淵。

「……銀水？」

「是的。雖然銀水據稱不會結凍，『機關淵盤』乃將其凍結並創造而成。」

奧特露露如此說明，同時在腳下畫出一道大型魔法陣。

祂將巨大發條插進隨即出現的鑰匙孔中，「嘰、嘰、嘰」地轉動了三次。

「『機關淵盤銀水將棋（rajina nedo esura）』。」

冰面——「機關淵盤」開始發光，在其表面上映照出一片廣闊的天空。

緊接著黑暗中出現天空，並且寬廣地擴大開來。

轉眼間冰面化為了大地。

樹木林立，顯現而出的草原上微風吹拂。

地平線無邊無際地延伸到遠方，就連我的魔眼（眼睛）也看不見盡頭。

到處都是廢墟。

荒廢且殘破不堪的城市景象，一直延伸到地平線的另一端。

「……元首之子他們在哪裡？」

亞露卡娜提出疑問。

這裡只有魔王學院的學生，並不見其他元首們的身影。

「他們已經轉移到北側的陣營。銀水將棋是使用創造魔法生產棋子，並且互相爭奪這些棋子的模擬戰爭。勝利條件是要奪取敵軍國王的校徽。」

奧特露露指向戴在我胸前的帕布羅赫塔拉校徽。

「唔嗯，還以為是棋盤遊戲，我其實會成為棋子嗎？」

「施術者與創造出來的棋子都是士兵，要驅使擁有的一切力量來贏得勝利。另外也能直接攻擊棋子，而且不存在違規行為。」

還以為她沒打算讓我直接參與戰鬥，看來並非如此。

也不是要用規則來限制我。

即使如此，她也還是有勝算嗎？

有意思。

「對方國王似乎已經決定由莉安娜普莉娜元首擔任。」

原來是水算世界賽萊納的水算女帝嗎？雖然序列是聖句世界更高，提出要比銀水將棋的人畢竟是她嘛。

『阿諾斯元首。』

這時莉安娜普莉娜傳來「意念通訊（Leaksu）」。

『請你跟奧特露露確認銀水將棋的機制。然後也需要先學會創造棋子的創造魔法術式。準備時間一個小時夠嗎？』

「不需要。邊比邊學比較快。」

『……你這是在侮辱我們嗎？』

大概是我的話冒犯她了，她語氣嚴厲地回應。

「不是。」

『既然如此，你是什麼意思——』

「是你們在瞧不起我。」

停頓一會兒之後，莉安娜普莉娜尖銳地說：

『很好！那就讓我來告訴你，你所小看的我們的歷史、主神，還有世界的重量吧。』

「意念通訊」被切斷了。

「似乎可以開始了。雖然造成祢的麻煩，就麻煩祢適當地解說了。」

「奧特露露明白了。」

奧特露露抬頭仰望上方，緊接著兩頭銀海鯨魚便從空中飛來。

其中一頭的背上載著雷布拉哈爾德和娜嘉等聖上六學院的元首們。另一頭則是下降到魔王學院的學生們附近。

「魔王學院的各位請在這邊觀戰。」

奧特露露這麼發出指示後，學生們便施展「飛行(fures)」飛起來，陸陸續續搭乘在銀海鯨魚的背上。

途中莎夏回頭說：

「阿諾斯，你應該知道吧。」

「別擔心，我不會輸。」

「誰擔心這種事了？我是要你戰鬥時記得考慮到我們在鯨魚上頭啦。」

我沒有回話，而是向她露出微笑。莎夏一臉有種不好預感的模樣，稍微退後了一步。

「……要注意流彈啊……」

米夏點了點頭。

「準備已就緒。即刻起，將進行阿諾斯元首與莉安娜普莉娜元首所率領的聯合學院之間的銀水將棋。」

奧特露露一發出信號，北側的陣營——遠方的天空中就畫出一道魔法陣。

那是我見過的術式——「創造建築(airisu)」。隨後，那道魔法陣上開始聚集有如螢火蟲般的翠綠光芒。那也是我見過的東西——

「——這是火露嗎？」

聽到我的發言，位在上空的奧特露露便以「意念通訊」進行解說。

『經由「機關淵盤銀水將棋」的力量，元首能憑自身的意志，讓該世界的火露出現在「機關淵盤」上。而那些火露，則會成為銀水將棋的棋子。』

當「創造建築」一發動，火露就開始閃爍變形。

最後完成變形的，是三樣物體。

它們分別是玻璃、船帆和人偶。莉安娜普莉娜飛到了這三樣物體所在的位置上。

「妳創造了奇妙的東西呢，莉安娜普莉娜。妳要怎麼把它們當作棋子呢？」

我發出這樣的「意念通訊」。

「所以我明明就給你準備時間了。」

她語帶嘆息地說：

「你就好好看看吧。」

她伸出指尖，以魔法線連結起玻璃、船帆和人偶。

「『三位一體』。」

玻璃、船帆和人偶的輪廓扭曲，三者相交。她就像唱歌一般詠唱起來：

「玻璃血管、船帆心臟，以及四肢為人型。三者交會化為一，深潛吧，銀水機兵。」

玻璃、船帆和人偶融合起來，散發出淡淡光芒。從那道光芒之中，顯現出一具帶有船帆翅膀的玻璃人偶。

神聖的魔力從它的全身散發出來。

「你明白了嗎？」

莉安娜普莉娜說：

「火露是生命的秩序。其數量是小世界左右世界深度的根本。至於銀水將棋，就算說是將小世界本身當作棋子也不為過。」

一旦失去火露，世界就會毀滅。火露的多寡會直接影響小世界整體的魔力多寡。將火露當作棋子，確實就等同於將世界本身當作棋子吧。

「你接下來要面對的，是多達一百六十九個的小世界，米里狄亞世界的元首阿諾斯·波魯迪戈烏多。」

在莉安娜普莉娜說話的同時，位在上空的銀水機兵身影忽然晃動了一下。我還來不及眨眼，本來遠在天邊的玻璃人偶就已經降落在我的面前。

「『極獄界滅灰燼魔砲。』」

七重螺旋的漆黑粒子在魔法陣的砲塔上形成漩渦。

然而——

「極獄界滅灰燼魔砲」的魔力卻開始消散，被漸漸吸入構築在此處、有如神域一般的空間——「機關淵盤」之中。

奧特露露的聲音響起。

『在「機關淵盤」上，棋子以外的攻擊性魔法會被吸收。』

原來如此。這就是——無法使用毀滅魔法的形式啊？

銀水機兵以玻璃手臂揮向「極獄界滅灰燼魔砲」的砲塔，將正在消散的魔法陣輕而易舉地打散。

「這就是銀水將棋。」

伴隨著莉安娜普莉娜的聲音，玻璃右臂猛烈地揮向我的臉。

我展開的「四界牆壁」被輕易貫穿，龐大的魔力光芒以這一拳為中心爆發開來。

「這一拳重量，即水算世界賽萊納的重量。只要與世界本身戰鬥，你的勝率就是——」

玻璃碎裂聲響起，莉安娜普莉娜止住撥打算盤的手。承受不住我打進腹部的拳頭，銀水機兵當場粉碎四散。

滿天飛舞的玻璃碎片，漸漸恢復為翠綠的火露光芒。

「真是不錯的一擊。」

我發出「嘎吱嘎吱」的聲響扭動脖子。

臉頰上仍在隱隱作痛。

所謂世界本身的重量，看來說得相當貼切的樣子。假如是這個銀水將棋，就能封住我的攻擊性魔法，讓他們以超乎實力的力量戰鬥。

「然而妳是不是打錯算盤了？要是吸收了『極獄界滅灰燼魔砲』也不會毀壞，那麼就算稍微解放我的毀滅根源，這裡也不會那麼輕易地就被破壞掉。」

就跟米夏創造的三面世界「魔王庭園」一樣，我能夠發揮出相應的力量。莉安娜普莉娜或許認為他們已將我拉入對自身有利的領域，實際上卻正好相反。

「剩下的一百六十八個世界——」

我將手掌往上翻，輕輕勾了勾手指。

「你們就統統一起上吧。」

§6 【將軍】

無數的翠綠火露緩緩升空。

正當我從火露的縫隙之間望去、窺探著對方的反應時，奧特露露開口說：

『在銀水將棋上打倒的棋子，可以回收其火露，並且作為自己的棋子使用。而回收的火露，所有權將會轉移到該小世界上。』

原來如此。之所以說是互相爭奪棋子的對決，就是有這項規則吧。

「假如不回收，會怎麼樣？」

『火露經過一分鐘後會轉變為紅色，任何陣營都無法再將其當作棋子使用，所有權也不會轉移。』

這樣正合我意。

即使不回收火露，也只要持續打倒銀水機兵，敵方的棋子就會減少。

「…………難以置信…………」

一道微弱的喃喃自語乘風傳來。

我的耳朵捕捉到聲音來源的方向，於是將魔眼（眼睛）轉向那邊。

那道聲音來自比莉安娜普莉娜還要遙遠的後方。

在山丘上，有一群人正在觀察這邊的情況。他們是淺層世界的元首們。

「……難以置信……銀水機兵的強度可是相當於小世界本身啊……」

「……而且是在這個『機關淵盤』上打倒序列第十三位，水算世界賽萊納的棋子……」

「看這樣子，即使保守估計，那傢伙的拳頭似乎有足以毀滅世界的威力。」

「這件事才教人難以置信啊！要是他真的擁有那種超乎尋常的力量，泡沫世界的米里狄亞就算光是因為他的存在而毀滅也不足為奇！不對，即使是第七艾蓮妮西亞，也不可能完全沒事……」

「……所以他一直在抑制嗎……如此龐大的力量……即使在深層世界也一樣……」

「……暴虐魔王……阿諾斯・波魯迪戈烏多……」

元首們咕嘟一聲吞了吞口水。

「該不會……他真的是那位消失的魔王吧……？」

「……還無法確定。儘管無法確定……如此銀水將棋將會比不下去！正因為能破壞棋子並奪取火露，策略與戰術才會得以成立。然而那傢伙不用暴露米里狄亞世界的火露於危險之下，就能單方面地奪取我們的火露。這樣一來，我們根本不能輕率使用手中的棋子。」

「可是，要是不使用棋子，我們就沒有勝算……你打算怎麼做？」

「不能犧牲世界。這也是沒辦法的事吧？說到底，是選擇銀水將棋作為對決方式的莉安娜普莉娜女王判斷錯誤了。」

面對這句話，淺層世界的元首們全都無法反駁。

他們握拳咬牙，一面不知所措地站在那裡。

不久後，當中的一人說：

「……雖然很遺憾，這場對決只能投降了……」

「膚淺、膚淺，還真是膚淺之人的想法啊。真不愧是淺層世界呢。」

這時出現一名鼻子異常長的男人。

那個人是瘴氣世界辛茲博爾的元首，天狗大帝高歐。

「這場對決是吾輩贏了。」

他從容不迫地這樣斷言。

淺層世界的元首們全都一臉無法理解的表情。

「……高歐大人……您這是什麼意思……？」

「看看那個吧。」

高歐就像在用他的長鼻子指示方向一般，將視線轉向天空。銀水機兵在被我破壞時所湧出的火露，已經從翠綠色轉變為紅色。

「火露竟然……」

「……這是怎麼回事？他為何沒有回收？」

高歐向感到疑惑的元首們說：

「那傢伙剛來到帕布羅赫塔拉時，似乎曾經向奧特露露這麼問：『為何不將泡沫世界漏出的火露歸還回去？』」

元首們紛紛露出恍然大悟的表情。

「據傳他就連在與巴蘭迪亞斯的序列戰中，也是儘管打倒了主神，還是將搶到的火露還給了對方。吾本來也在懷疑該不會是這樣，這下就完全明白了。」

天狗大帝將自己的長鼻子伸得更長。

「阿諾斯元首那傢伙無法奪取其他世界的火露，是個信奉轉生這種不可能的事情的大傻瓜啊。」

「……不過，假如他只是在假裝不能回收呢……？」

「現在這麼做有什麼意義？只要回收火露，那傢伙的勝利就已經確定嘍。」

「……的確……」

「這樣一來──」

「沒錯。即使銀水機兵遭到打倒，火露也不會被他回收。也就是說，我們這一邊也能夠全力以赴。」

幾乎就要放棄的元首們，眼中重新燃起光芒。當他們將視線投向上空的莉安娜普莉娜後，她就揚起一抹淡淡的微笑。

「假如與世界本身對戰，你獲勝的機率將會是百分之百，可是那將是招致我們團結一致的壞棋。你應該無視銀水機兵，直取國王才對呢。」

水算女帝撥打水算盤。

也就是說，她早已算到一具銀水機兵贏不了我嗎？

莉安娜普莉娜的目的，是要故意讓一個棋子進行自殺攻擊，藉此讓其他人知道火露並不會被奪走。

元首們都會把自己世界的火露放在第一順位。只要消除火露會被奪走的擔憂，他們就會毫不保留地將所有火露投入到銀水將棋上。

「雖然很不滿要聽從序列第十三名的女人指揮，她好歹也是前聖上六學院之一。莉安娜普莉娜所持有的流玉算盤，能計算出所有戰局的結果。那個女人很可能早就看到決定勝負的那一刻。」

高歐用鼻子哼一聲，猛然飛到空中。

「跟著吾天狗大帝前進吧，膚淺的元首們啊。畏懼能贏的對決，是傻瓜才幹的事啊。」

高歐一面畫出「創造建築」的魔法陣，一面朝這裡飛來。跟在其後、陸陸續續飛上天空的元首們，也同樣施展了「創造建築」。

開始行動的約有一百二十人。其餘五十人，特別是深層世界的元首們則潛伏在地上，謹慎地觀察我的反應。

「各位！」

此時從森林飛上天空向眾人大喊的人，是大僧正貝爾馬斯。

「莉安娜普莉娜女王以她的勇氣與智謀，為在下等人創造了勝利的機會！如今正是眾人團結一致進軍的時刻！萬一失去的火露，將由我們聖句世界阿茲拉本來補償，在下就以此聖句訂立契約！」

他發出的話語化為「契約(zekudo)」。元首們在上頭簽字後，便一個接著一個地飛上天空。

於是，剩下的五十人全部飛上天空，陸陸續續與貝爾馬斯會合。

「這場銀水將棋的國王是莉安娜普莉娜大人。跟隨在下之人，都納入她的指揮之下。」

「「「遵命！」」」

「「「了解！」」」

貝爾馬斯率領著元首們，成功與莉安娜普莉娜會合。

「高歐大人、貝爾馬斯大人，感謝兩位的協助。拜兩位所賜，棋子湊齊了。」

「哼，妳明明打從最初就計算好一切，少裝模作樣了。」

天狗大帝高歐說。

「要道謝的話，就等討伐完那個怪物之後再說。如果妳也看過洗禮的過程，那麼就應該知道，他不是湊齊棋子就能占有優勢的對手。即使保守估計，這樣也頂多是五五波。不對，應該認為我方仍居於下風。」

大僧正貝爾馬斯說。

「當然，我知道他是個強敵。不過貝爾馬斯大人應該也知道，水算世界在銀水將棋上的戰績。」

貝爾馬斯輕笑一聲。

「是從未嘗過敗果吧。」

「即使是獅子，也無法在海中勝過海豚。就讓我們來告訴那頭怪物，『機關淵盤』的霸主究竟是誰吧。」

他們團結一致地高舉起手，釋放出龐大的魔力。

上空當場畫出數十道巨大魔法陣。「機關淵盤」的力量發揮作用，翠綠的火露開始聚集在那處。他們以「創造建築」的魔法，陸陸續續創造出玻璃、船帆和人偶三樣物體。

「『三位一體』。」

玻璃、船帆和人偶的輪廓扭曲，三者交會在一起。

「玻璃血管、船帆心臟，以及四肢為人型。三者交會化為一，深潛吧，銀水機兵。」

接在莉安娜普莉娜的詠唱之後，其他元首們也施展了「三位一體」。

三樣物體融合起來，帶有船帆翅膀的玻璃人偶——銀水機兵現身。

總共有五十具。

「好了，我們上吧。」

莉安娜普莉娜與其他元首們化為一道光芒，就像被吸入一般紛紛進到銀水機兵之中。

他們要直接操作棋子，同時將擔任國王的莉安娜普莉娜藏在人偶裡頭嗎？

「放馬過來吧。」

銀水機兵們以迅雷不及掩耳的速度從上空衝來。

我穿過最快抵達的玻璃人偶的手刀，並且在拳頭上纏繞起漆黑螺旋。

在交錯之際，猛然打穿了它的腹部。

「……原來如此。」

比方才還要脆弱。翠綠的火露從粉碎四散的銀水機兵當中湧了出去，不過其數量果然遠遠少於第一個棋子。

根據使用的火露數量，銀水機兵的強度會產生變化。或許存在以少量火露創造的誘餌棋子，以及集結了數個世界分量火露的主要棋子。

儘管我用魔眼（眼睛）凝視，試圖窺看棋子們的深淵，也還是相當難以分辨。

「這是『機關淵盤』的力量喲。施加了讓銀水機兵看起來全部都像相同棋子的偽裝。」

眼前的銀水機兵發出莉安娜普莉娜的聲音。

我輕輕跳起，朝它的頭部壓下腳跟。玻璃碎片飛散，銀水機兵當場碎成了兩半。

然而在裡頭的是其他元首，並非莉安娜普莉娜。

「咯……！」

那傢伙立刻施展了「轉移(gatomu)」逃離這裡。

「唔嗯，也就是不一定在說話的棋子之中啊。」

「是這樣嗎？說不定我只是移動了而已喲？」

銀水機兵從我的前後左右襲來。

我用雙拳打碎左右兩具，並且跳起躲開來自前後的攻擊，同時以雙腳踢碎了它們的臉。

火露滿溢而出，銀水機兵裡的人陸續逃離這裡。這樣就六具了。目前為止，全是火露數量較少的雜兵。

「大砲。」

莉安娜普莉娜的聲音響起，以「創造建築」創造的大砲安裝在銀水機兵的左臂上。

「發射！」

包圍著我的銀水機兵發出轟然巨響開砲射擊。

我在瞬間看到了「創造建築」的魔法陣。

大概是用火露創造出砲彈，並將其射出吧。

當我大步跳開躲過砲擊後，兩發砲彈就像要追擊似的飛來。我釋放出漆黑魔力，用雙手將它們接住。

手掌燒傷，皮膚略微翻起。

「火露的砲彈啊？」

她在每一發砲彈上注入火露，藉此提高砲擊的威力。

似乎隨便都有深層大魔法程度的威力。

「瞄準！」

四具銀水機兵舉起大砲。

「發射！」

「去拿更像樣一點的大砲過來吧。」

我放開方才接住的砲彈，並且在腳上纏繞魔力。

我就像踢球一般把砲彈踢飛。這一踢將朝我飛來的兩顆砲彈彈回去，讓四具銀水機兵爆炸四散。

緊接著，眼前的十具銀水機兵舉起大砲，開始一齊發射砲擊。簡直就像要吸引我的注意一般。

「……是誘餌嗎？」

隱藏在盛大的砲擊之中，只有一個棋子不動聲色地舉著大砲。

我一面耐心承受著集中砲火一面抓住一顆砲彈，在突破包圍網的同時投出視線。

我將視線投在一座視野良好的山丘上。那裡飄浮著以「創造建築」創造的盾牌、書籍和顏料。

「『三位一體』。」

此時響起天狗大帝高歐的聲音。接著，莉安娜普莉娜說：

「盾牌化為顏料，顏料化為書籍，書籍化為盾牌。三者交會化為一，深入吧，深層階梯——『深印』！」

盾牌、書籍和顏料融合起來，在那裡顯現出水的紋章。銀水機兵將大砲對準了那道「深印」的中心。

「發射！」

幾乎跟這道命令同一時間，我將手中的砲彈猛然投向正在瞄準的銀水機兵。

遲了數瞬，銀水機兵的大砲射出火露砲彈。

那顆砲彈猛烈且燦爛地燃燒起來。

跟方才的砲擊截然不同，就彷彿是一道翠綠的熱線。我投出的砲彈被輕易融解，並且在轉瞬間吞噬我的身體。反魔法遭到融解，皮膚開始燃燒。

「趁現在！不要吝嗇火露！高歐大人！」

「吾知道！」

隨著「創造建築」的魔法，大量的火露滿溢而出，三樣物體被接二連三地創造出來。

「盾牌化為顏料，顏料化為書籍，書籍化為盾牌。三者交會化為一，深入吧，深層階梯——『深印』！」

潛伏已久的銀水機兵從四面八方現身，將「深印」疊在火露大砲上，發射出翠綠熱線。

「原來如此。『深印』會讓魔法達到更深層的位置。『創造建築』成為深層魔法，所創造的砲彈威力也會跟著提升嗎？」

還真是了不起的魔法。不吝於使用火露的集中砲火甚至突破我的防禦，燃燒我的身體。

「將軍了，阿諾斯元首。『三位一體』！」

手持長槍的一具銀水機兵朝我衝來。

那個棋子以聚集的大量火露為材料，施展「創造建築」創造了長劍、大砲與葉輪。

「擊發白刃與火彈的乃是葉輪。三者交會化為一，貫穿螺孔吧，漩渦之風。」

長劍、大砲和葉輪以「三位一體」融合起來，在那裡出現了火的紋章。

「『深擊（zerusu）』！」

火露長槍閃耀金光，纏繞著劈啪作響的閃電。銀水機兵猛然刺出黃金雷槍，並且貫穿我的身體。

「竟然能將一百個世界的火露聚集在這一槍上，真是精采的配合。」

「深擊」長槍只刺穿了側腹的肉，沒有達到根源。

「我就獎勵你們吧。」

我用左手緊緊抓住迅速抽回的那把長槍槍柄，使其無法動彈。

莉安娜普莉娜說：

「你遲了一步呢。」

原本在砲擊的數十具銀水機兵，紛紛手持長槍衝來。

長槍上同時還纏繞著「深擊」的魔法。

「這樣就將軍了。」

「是這樣嗎？」

我咧嘴笑起，描繪出一道魔法陣。

「『涅槃七步征服』。」

§7 【最佳策略的結果】

詭異的魔力從我的全身溢出，同時捲起強烈的漩渦。

轉瞬間，緊抓著的黃金雷槍朽壞，化為黑色的灰燼。

「……這…………到底是…………？」

「……攻擊性魔法應該無法在『機關淵盤』上使用才對……」

「因為這不是攻擊性魔法吧。」

這是提取在根源上凝聚的毀滅之力，瞬間提升我力量的深化魔法。我舉手投足皆不斷向更遙遠的深淵逼近。

黃金雷槍之所以化為灰燼，不過是被其餘波掃到罷了。

我盯著眼前的敵人悠然地舉足向前，踏出第一步。

巨大的魔法陣在腳下擴展開來——

「『創造建築』。」

光芒自展開的魔法陣溢出，在空中創造出各式各樣的物體。

來襲的十幾具銀水騎兵並未退縮，釋放強烈的魔力衝向我。

「不．會．讓．你．得．逞——……！事到如今，緩慢的創造魔法……！」

「拿下了！」

嘎、嘰、嘰嘰嘰嘰——刺耳的金屬聲響起。

我創造出的長劍與盾牌，將突刺而來的數支雷槍全數擋下。

「縱使防下第一擊！」

「如此大量的武器，你根本無法同時操控！」

銀水機兵快速移動，從創造出的武器之間的空隙鎖定我，一面舉起雷槍。

在那個瞬間，長槍忽然變得朽壞、破爛，最終化為黑色的灰燼。

「……什……麼……？」

只要使用「涅槃七步征服」，「創造建築」就不會正常發動。無論創造出什麼物質，皆會附加毀滅力量，並且損害其觸碰到的物體。

「……怎、麼、會……這樣……」

天上傳來天狗大帝高歐的聲音說：

「……積蓄了相當十個世界的火露所發動的『深擊(zerusu)』，竟被未使用火露而創造出來的長劍給……」

「高、高歐大人！快看那個……！」

「那傢伙正準備發動的那個術式……！」

元首們的聲音彷彿慘叫般此起彼落。

我用力踩踏大地，描繪出新的魔法陣。

第二步──

「『三位一體』。」

藉由「創造建築」創造的盾牌、顏料和書籍的輪廓逐漸扭曲且相互融合。

「盾牌化為顏料，顏料化為書籍，書籍化為盾牌。三者交會化為一，深入吧，深層階梯──『深印』。」

水的紋章在我的腳下構築成形。

「這、這怎麼可能！發動『深印』……卻完全不使用火露……？」

「……如此魔力……如此術式精度……實在難以置信！這傢伙難道能夠操控與毀滅魔法相同級別，性質完全相反的創造魔法嗎……？」

之前發動流暢攻擊的銀水機兵群，動作開始出現遲疑。就像要提防我的下一步行動，他們緩慢地持續後撤。

「唔嗯，莉安娜普莉娜，雖然妳的算盤能夠將各種戰局分析至透澈，似乎無法將不可能預測的事物也列入計算範圍內啊。」

「那樣就十分足夠了。」

莉安娜普莉娜的聲音響起：

「只要揭露你的所有力量，我就能夠以近乎預知所有結果的精確度掌握一切。」

「妳透過預知知曉的，是無法戰勝我的未來。」

「那可未必吧？」

我將右手伸向頭部後方，擋下從背後飛來的砲彈。

然後看向砲彈飛來的方向，尋找追擊機會的銀水機兵倏然停下動作。

「……莉、莉安娜普莉娜女王！請儘快給出下一個指示！那傢伙成功發動了『深印』，說不定就連銀水機兵與『深擊』都……？」

「直接衝鋒吧！要是被他量產銀水機兵，將會變得更加棘手！」

「倘若是人數占優勢的此刻，應該能夠成功打倒他！」

元首們彷彿一刻都待不住般開始鼓譟。

然而莉安娜普莉娜以極為冷靜的口吻說：

「不，就這樣保持距離。假如再靠近，只會被那個深化魔法的餘波波及，徒增我方棋子的損耗而已。」

按照指示，銀水機兵群包圍我，並且開始調整距離。

「可是，雖然我方的損害得以輕減，僅用『深印』的砲擊來打倒他……」

「請看那個。」

一具銀水機兵舉劍一指。

在空中漂浮的長劍、盾牌、書籍、大砲與葉輪等──我所創造的物體皆開始崩壞，變得破爛不堪。

「使用那個『涅槃七步征服』的時候，會使得創造魔法也包含毀滅力量，以至於形體無法長期維持。簡單來說，就是他僅能創造出瑕疵品。」

這就是流玉算盤的力量嗎？這麼快就察覺到了。

位於腳下的水的紋章，也因為其基底的物質即將崩壞，已經開始出現缺損。

然而──

「『三位一體』。」

踩下的第三步，造成大地劇烈震動。

較為脆弱而作為誘餌的銀水機兵，因震波而碎裂成微塵。

「唔、唔唔……！」

「唔唔唔……如此輕易就……！」

幾乎同時，長劍、大砲和葉輪三個物品的輪廓開始扭曲並各自相互混合。

「擊發白刃與火彈的乃是葉輪。三者交會化為一，貫穿螺孔吧，漩渦之風。」

我的腳下浮現出火的紋章。

「……就連『深擊』都……」

眾元首們屏息之時，一具銀水機兵朝我投來銳利的視線。

「請各位放心，我已經看到了取勝的機會。」

「真的嗎？」

「可是面對那個怪物，到底該如何是好……？」

「作為反擊的手段，他選擇了『深擊』與『深印』。這就表示——即使是他，也無法忽視『機關淵盤』的影響。」

莉安娜普莉娜在遠處一面提防我，一面向元首們如此說明：

「然而，如果想要以這個銀水將棋的棋子與規則來挑戰我們，我們略勝一籌。他現在才剛見識到『深擊』與『深印』，無論擁有多少魔力，都是臨陣磨槍，我方卻熟知關於術式的所有資訊。」

莉安娜普莉娜從剛才開始就沒有使用「意念通訊」。

「『深擊』的一擊既深邃又狹窄。無法使用祕奧的他，攻擊範圍狹隘，發動一次應該僅能打倒我方幾具。使用『深印』或許還有機會，不過其中存在可以深化與無法深化的魔法。至少，他在下這局棋的期間沒有深入了解的時間。」

唔嗯，她想透過話術，讓我產生遲疑嗎？

「也就是說，他先前披露的『深印』砲擊，以及空手發動的『深擊』，就是他全部的攻擊手段。既然如此——」

位於隊列末端的銀水機兵舉起一隻手。或許是透過「意念通訊」發送了指令，在銀水機兵群的周圍創造出長劍、大砲與葉輪。

那些物體藉由「三位一體」而相互混合，相繼在棋子面前浮現出火的紋章。

「「「擊發白刃與火彈的乃是葉輪。三者交會化為一，貫穿螺孔吧，漩渦之風。」」」

四面八方回響起詠唱。

「「「『深擊』。」」」

黃金雷槍被投擲出來。

十支、二十支，以及足以毀滅世界的長槍如驟雨般傾瀉而下。它們開始貫穿我所創造出來的盾牌、長劍與葉輪等物質，接二連三開始破壞。

或許是蓄積了相當大量的火露，它們還能夠對抗「涅槃七步征服」的餘波，逐漸削弱我的防守。

令人不解的是，棋子在反覆進行投擲的同時，也在向各方向不斷後撤。

「唔嗯，難道有時間限制嗎？」

『是的。考量到魔力的儲存，銀水將棋設有三十分鐘的時間限制。如果超過時間限制，就以『機關淵盤』上剩餘的棋子數量多寡來判定勝負。』

原來如此。這才是他們的目的嗎？

棋子數量占優勢的對方，只要逃到最後就滿足勝利條件，如此我方勢必得追擊才行。

「來追我們吧，阿諾斯．波魯迪戈烏多。然而，無論你向東西南北的哪一方向前進、持續選擇最佳的策略，要在剩下的二十一分鐘內打倒最多有一百四十七個世界的火露，以銀水機兵來說為七八具，就已經是你的極限——」

我悠然舉起一隻腳，以鞋底輕觸火的紋章。

「你獲勝的機率是零。」

第四步──

「『深擊』。」

我直接踏穿「深印」，並且響徹大地。

「很遺憾，那是錯誤的決定。『深擊』已經是深層大魔法，無法再進一步深化──」

莉安娜普莉娜彷彿啞口無言般頓時語塞。

「機關淵盤」一望無際的地平線，整面大地皆因我的踩踏而開始劇烈震動。

「……這…………？」

「這、這是什麼……？」

銀水機兵群釋放出魔力，勉強維持姿勢的同時四處張望。

搖晃程度已達異常的大地，開始更加劇烈的震動。本來呈現水平的地平線逐漸傾斜，眼看就要翻到垂直的角度。

「…………怎、怎麼可能……難、難不成……？」

「他顛覆……『機關淵盤』本身了……？」

震動越來越激烈，最終天地完全顛倒。然而還沒結束，大地接著持續旋轉了一圈。

「嘎……唔唔唔……！」

「什、唔啊啊啊啊……！」

從不斷旋轉的大地被甩出去的銀水機兵勉強停留在空中。然而「機關淵盤」裂開，無數的碎片向他們襲去。

不凍的銀水形成的冰，是足以承受「涅槃七步征服」的堅韌物體。其化為銳利的刀刃，向銀水機兵猛撲而去。

「集、集合……！繼續分散的話……！」

「不行，飛不起來……這、這樣下去……！」

「怎麼可能，不好……再被擊中的話，裝甲會……？」

「莉安娜普莉娜大人！怎麼辦……？」

「莉安娜普莉娜大人，請下達指示……！」

「火露已經用完了！可惡啊啊啊啊啊啊啊啊啊啊啊！銀水機兵的損傷……！已經撐不下去了……！」

「還沒結束！怎麼可以就這麼結束——！賭上我們世界的威信！」

「動起來啊啊啊啊啊啊啊啊啊！」

「「「唔、啊・啊啊・啊・啊・啊・啊啊！」」」

銀水機兵發出淒厲慘叫的同時，接二連三被銀水的冰所貫穿，其身體變得四分五裂。

沒有人能夠成功抵抗，所有棋子都破碎而四散，一具都不剩。

可是——

在持續高速旋轉的棋盤上，蒼藍的水出現在我的視野中。

那是流玉算盤。莉安娜普莉娜撥動著算盤，同時向我迫近。

「一切正如計算結果，阿諾斯．波魯迪戈烏多。使用『深印』與『深擊』，導致我們全軍覆沒的機率是十成——」

儘管直接擊中的銀水之冰超過百個，也無法對她造成一丁點損傷。

現在的莉安娜普莉娜，遠比匯集了水算世界賽萊納火露的銀水機兵群更加堅韌。

其箇中玄機究竟是——？

「不過——」

「有趣。」

我瞄準衝過來的莉安娜普莉娜的腹部，刺出五指。

同時踩出第五步。

啪答——水的觸感包覆我的右手。莉安娜普莉娜的身體化為液態，完全吸收第五步的攻擊，同時牢牢地拘束住我的手。

「流玉算盤能夠賦予我些微超出其計算結果的力量，為此我必須將預測結果引導至十成的機率。」

莉安娜普莉娜這麼說著的同時，她的手已經抓住我胸前的校徽。

只要將其拔下並奪取，就是她的勝利。

「原來如此。妳的真本事在知道無法取勝後，才開始發揮吧。」

「是的。就和我不清楚你的實力一樣，你也不知道我的實力。」

莉安娜普莉娜利用水流拘束住我的身體，試圖用力扯下校徽。

「然而很可惜，妳還差了一點呢。」

玻璃的碎片在眼前飛散。

不對，那不是玻璃，而是「機關淵盤」。

看到那一幕，莉安娜普莉娜露出難以置信的表情。

被撕裂開來。

藍天彷彿被雙手扯破一般，漆黑的裂痕不斷擴大。

「啊………」

莉安娜普莉娜口吐鮮血。

下一瞬間，「機關淵盤」粉碎並灰飛煙滅。

在第四步時就已經瀕臨崩壞，而第五步成為了壓垮駱駝的最後一根稻草。之後剩下的，只有四處飄逸的火露，以及虛軟無力飄浮在空中、慘不忍睹的元首們。

天空與大地皆完全崩壞的幾秒後，我們回到帕布羅赫塔拉的最深處——冰面之上。

眼前是腹部遭到貫穿的莉安娜普莉娜，癱軟無力地靠在我的手臂上。

由於我所引發的結果超出預測範圍，她失去流玉算盤的加護，還原為本來的力量狀態。

「……這種……事……………」

「魔法還不賴，但是妳的視野還是太過狹隘了。」

我抽回手臂，從她的制服上奪取校徽。

「假如要玩棋盤遊戲，應該要連棋盤崩壞的情況也一併列入計算才對啊。」

§8 【銀水世界】

兩頭銀海鯨魚和奧特露露從天上降下。

「元首莉安娜普莉娜的校徽已遭到奪取，勝利者為米里狄亞世界的元首阿諾斯。」

奧特露露透過「意念通訊」發出的聲音響徹各處。

我悠然地浮在空中，元首們趴倒在冰面上的身影映入眼簾。

那些傢伙以近乎茫然的表情將視線投向我。

「這下沒有怨言了吧──我可不會這麼說。」

我對趴伏在地面上的他們說：

「然而，你們之中沒有任何一人想到『機關淵盤』遭到破壞的情況卻是事實。」

高歐面露懊悔的表情朝我瞪來。

其他元首們也都緊抱拳頭，抑或是咬牙切齒。

也有人因感到羞恥而別過臉去。

「……雖然不甘心，確實正如你所言……」

尚且無力站起身的莉安娜普莉娜低語說：

「泡沫世界一事也是如此。縱使沒有主神，世界也照常運作。」

不對——

是縱使其自身停止運作，也由我來讓其運作。

「倘若想要否定我，不管多少次，都儘管來挑戰吧。無論何時何地，我等魔王學院皆接受挑戰。」

沒有反駁的聲音。

縱然用力量使其屈服，無法讓這些傢伙打從心底接受，至少能夠證明這個世上存在他們無法預料的事物。

目前就暫時先這樣吧。

我就這樣向上飛去，靠近在空中游泳的兩頭銀海鯨魚。

幾名魔王學院的學生們向我招手。

「唔嗯，似乎輕鬆撐過了呢。」

「才不輕鬆呢！在使用那種廣範圍魔法之前，你事先說一聲啊！差一點就被穿刺了。」

莎夏彷彿憋了很久一般，開口大罵。

「咯哈哈。反正在那之前米夏就會先察覺到了啊。」

米夏在姊姊身邊點點頭。莎夏看似有所不服般「哞」地嘟起嘴，不過不再繼續追究。

「可是啊，把『機關淵盤』整個破壞，這麼做還真是不得了呢。」

聲音從另一頭銀海鯨魚傳了出來。
那是鍛冶世界元首蓓拉彌的聲音。
「柏靈頓怎麼可能贏得了呢？」
娜嘉如此微笑道。
「為什麼是妳在得意？」
「呵呵，誰知道呢？」
「不過那個踏步發動的魔法究竟是什麼？總不可能是淺層魔法吧？你知道些什麼嗎？」
蓓拉彌詢問吉恩。
「是的。沒有相關情報。」
雷布拉哈爾德等聖上六學院的元首們毫髮無傷地站立著。「深印」與「深擊」的餘波似乎被輕易擋下來了。
「繼續下一個流程吧。」
「好的。那麼，眾人即將返回深層講堂。」
奧特露露這麼說，同時發動轉移的固定魔法陣。
眼前染成純白一片，下一瞬間我們回到了深層講堂。
所有人皆位於轉移前的座位，各自安靜地就座。
「由於銀水將棋已然分出勝負，即將重新召開中斷的法庭會議。序列第七名以下的學院是否要重新進行表決？」

「沒有那個必要。無論是贊成還是反對，處境大概都會很尷尬吧。」

假如贊成魔王學院升格，就會被魔彈世界盯上。

話雖如此，如今既然已在銀水將棋中被體無完膚地擊敗，提出反對也有損自尊。

「我也這麼認為。」

雷布拉哈爾德贊同我的意見。

其他人也沒有特別提出反對意見。

「奧特露露明白了。」

奧特露露向聖上六學院的五人說：

「在此以裁定神奧特露露的名義宣布，帕布羅赫塔拉序列第十八名——米里狄亞世界的魔王學院根據其功績，准許升格至序列第六名。贊成的人請舉手。」

率先舉手的人，是魔彈世界的吉恩。

「哦？你怎麼突然看開了呢？」

蓓拉彌說道，同時舉起手。

娜嘉、雷布拉哈爾德，以及雷科爾也舉起了手。

「贊成五票，反對零票。全體一致決定，准許其升格。另外魔王學院將成為聖上六學院，於法庭會議擁有發言權，從而有必要決定該世界的『表字』。」

就像「聖劍世界」之於海馮利亞，「魔彈世界」之於艾蓮妮西亞，即為其表字。

米里狄亞才剛加入學院同盟，因此尚未決定表字。

「那麼就叫做轉生世界米里狄亞吧。」

一瞬間，講堂中的元首們顯得坐立難安。

然而，或許是顧忌到先前銀水將棋的結果，沒有人站出來表示意見。

雷布拉哈爾德將視線投向我。

「你確定要那麼稱呼嗎？」

「有什麼不適切的地方嗎？」

「單純確認罷了。要是造成你的不快，那還真是抱歉。」

在這片銀水聖海當中，轉生的概念與米里狄亞世界有很大的差異。轉生意味著成為完全不同的其他人。

要是承認了我們米里狄亞世界揭示的轉生概念，即相信所有人存在於根源之中的思念將延續至來生，會失去從泡沫世界回收外溢火露的大義名分。

對於帕布羅赫塔拉而言，這應該不是一件稱心的事情。

「元首阿諾斯，這邊請。」

我舉步向前，走到奧特露露的面前站定。

祂釋放出魔力，講臺上的其中一個席位隨即浮現出魔王學院的校徽。

球形黑板映照出我的身影。

「今日，新的聖上六學院——轉生世界米里狄亞誕生於此。為了銀水聖海的平靜無波，願學院同盟的諸位能夠同心協力。」

奧特露露如此用事務性的口吻陳述。

寂靜之中傳來鼓掌的聲音。

是雷布拉哈爾德。

接著吉恩、蓓拉彌、雷科爾，以及娜嘉也開始鼓掌。隨後講堂中的元首們也跟著附和，巨大的鼓掌聲充斥整座講堂。

「那麼法庭會議就此閉庭。」

以此作為信號，元首們零星地站起身。

吉恩與娜嘉離開講堂，雷布拉哈爾德與蓓拉彌也相繼離場。

向我靠近的，是傀儡世界的雷科爾。

「暴虐魔王阿諾斯，歡迎卿的世界加入。」

「有談得來的人真是太好了。」

就像佯裝初次見面一樣，雷科爾伸出手。

我握手回應：

『日落時分，在第七艾蓮妮西亞附近的海域等著。』

為避免遭人偷聽，雷科爾的聲音透過直接接觸的「意念通訊」在耳邊響起。內容是交換「紅線偶人」與「樹海船愛歐妮麗雅」的時間與地點。

「柏靈頓消失後，魯澤多福特的情況如何？」

「無法像平時一樣。」

「那還真是抱歉啊。假如能給你們有餘裕的時間就好了。」

「這不是卿的責任。我們很快就會決定元首。」

雷科爾輕輕地放開我的手。

「那麼再會了。」

接著他逕直離開。

「元首阿諾斯。」

奧特露露呼喚我。

回頭看去，祂的手上端著紅色稻草人偶。

「柏靈頓本人在此返還給您。」

「帕布羅赫塔拉學院不制裁他嗎？」

「據軍師雷科爾所言，柏靈頓已經不是魯澤多福特的元首，而且遭到人型學會正式除名了。他的火露不會回到伊威澤諾，而是浮游在空中，是故帕布羅赫塔拉不會再予以干涉。」

大概是因為失去了力量與權力，又被逐出學院同盟，如此一來已經沒有制裁或包庇他的理由了吧。

「那麼就隨我高興吧。」

我從奧特露露手上接過紅色稻草人偶，並將其拋向魔王學院的席位。咚的一聲，潔西雅跳起來用雙手接住它。

「……接到……了……！」

「不要弄丟了。」

「……交給……潔西雅……」

她得意揚揚地挺起胸膛。

「奧特露露，我有件事想要請教祢。」

「是什麼事呢？」

「是帕布羅赫塔拉的淵源。有關這個學院同盟還有許多不清楚的事情，說到底這個組織究竟是誰設立的呢？」

「奧特露露現在能在此精簡地回答您的問題。還是說，您想要更詳盡的情報嗎？」

「盡可能越詳盡越好。」

「奧特露露明白了。由於轉生世界米里狄亞已經成為聖上六學院，奧特露露能夠說明細節。方便換個地方說明嗎？」

這麼做大概是避免被其他元首聽見吧。

看來加入聖上六學院似乎是有意義的。

「我不介意。」

「那麼有請魔王學院的諸位進入魔法陣。即將進行轉移。」

奧特露露注入魔力後，轉移的固定魔法陣啟動，視野染成純白一片。

我們來到與剛才相同的地點，也就是帕布羅赫塔拉的最深處——於黑暗空間中無邊無際地往外延伸的冰面，「機關淵盤」之上。

「『機關淵盤銀水將棋』。」

奧特露露使用魔法，「機關淵盤」隨即發出耀眼的光芒，黑暗空間出現了廣大的天空。

森林、草原，以及連綿不絕的廢墟出現。

儘管我方才已經踩碎了，現在卻如此輕易地便恢復原狀，這是餘力尚存的證明吧。

意思是剛剛那終究不過是學院同盟內部的模擬戰，因此「機關淵盤」尚未發揮其真正的價值嗎？

「您在伊威澤諾，見到了『渴望災淵』吧？」

「是啊。」

「『機關淵盤』與其相同，同為『淵』的一種。所謂的『淵』，意指思念積累之地，即自眾多小世界外溢而出的思念沉積的地方。『渴望災淵』之中沉積著渴望，這個『機關淵盤』之中則沉積著對於已毀滅的世界的追憶。」

奧特露露畫出魔法陣加入巨大的發條，然後轉動它。

嘰、嘰、嘰……旋轉三次之後，遠處可見的破舊宮殿隨即微微發光。

那個建築物有點眼熟。

「——帕布羅赫塔拉。」

米夏低語說。

「啊～經妳這麼一說，確實很像喔。雖然它破破爛爛的。」

艾蓮歐諾露說完的下一個瞬間，大地伴隨著地鳴開始劇烈地震動。

「哇喔！怎麼回事？是地震喔！」

「……潔西雅……不會動搖……」

才想著地面瞬間生出長條裂痕，被整塊切離的大地立即連同宮殿開始上浮。

裁定神仰望此景。

「那是奧特露露的世界的追憶。」

與往常的事務性口吻不同，祂略顯悲傷地說：

「那個小世界曾經極為繁華，同時抵達了遙遠且深邃的第九十九層。它最為接近深淵，然後被其吞噬了。帕布羅赫塔拉是已經毀滅的銀水世界中，唯一倖存的學院。」

§9　【帕布羅赫塔拉的淵源】

艾蓮歐諾露仰望漂浮的大陸歪頭思索。

「嗯～？那裡是被『機關淵盤』吸引的回憶中的帕布羅赫塔拉，可是我們現在所處的位置也是帕布羅赫塔拉吧？這是怎麼回事？」

說完，熾死王便悠然地朝漂浮大陸飛去。

「直接去一趟不是更快嗎？感覺很有趣。」

「有道理。」

我也發動「飛行」朝天空飛去。

「雖然你說有道理，用不著特地跑一趟，問奧特露露不是更快嗎？」

「直接去一趟比較有趣。」

「原來是那個意思啊？」

跟在我身後，包含莎夏在內的魔王學院學生們也飛了過來。

熾死王與我踏上漂浮大陸，成為廢墟的帕布羅赫塔拉宮殿就位在此處。不單純只是經歷了歲月累積，宮殿四處皆崩塌至滿目瘡痍的程度。

「唔嗯，祢說的追憶是何時的？」

「是奧特露露等人最後的回憶。」

奧特露露追了上來，然後降落在漂浮大陸上。

「是被誰弄成這樣的？」

我將視線投向殘留在宮殿的破壞痕跡說：

「祢說這個世界接近深淵，並且被其吞噬，不過這是戰鬥造成的痕跡吧？」

奧特露露邁步走向古老的宮殿。

「銀水世界利斯特利亞的元首隱者艾爾米德精神失常，將自己的主神消滅了。」

「為何？」

「世界越是接近更深層的深淵，會聚集來自眾多小世界的魔力與秩序。主神的力量因而增加，元首也能感受其恩惠。」

魔力由淺層向深層流動。

火露與秩序也一樣。

「隱者艾爾米德大概是無法完全承受那股力量。」

「所以就發狂了？」

「時至今日，真相已無從知曉。當時奧特露露等人的銀水世界利斯特利亞即將抵達深淵，然而隱者艾爾米德突然就陷入瘋狂了。儘管嘗試說服了，卻沒有成功，隨即發生戰鬥而被擊敗，然後帕布羅赫塔拉就滅亡了。」

假如精神正常，確實沒有毀掉自己世界的理由。

可是發狂的理由仍未釐清。

能夠擔任接近深淵的世界元首，想必擁有相當強大的實力。難道說當時發生了如此強者都無法完全承受的力量，突然迅速匯集的現象嗎？

「在那之後，隱者艾爾米德怎麼了？」

「自殺了。極盡繁華的利斯特利亞同時失去主神與元首，一夕之間失去了一切。」

我們環顧著宮殿外牆繼續前進。

此處設有許多通往宮殿內部的水道，但是裡頭沒有水。

「呃～那麼，奧特露露妹妹是那時的倖存者嗎？」

「不是。奧特露露也毀滅了。就奧特露露所知，利斯特利亞並不存在倖存者。」

對於奧特露露的回答，艾蓮歐諾露顯得越來越困惑。

「有一個『淵』曾經存在於銀水世界利斯特利亞，其名為『追憶廢淵』。這個『淵』積存已毀滅世界的追憶，並將其具現化。利斯特利亞毀滅時，其居民們的追憶即大量地被積存在其中。」

事務性口吻的聲音在廢墟中迴蕩。

奧特露露的表情並沒有表現出憂愁與悲傷的情緒。

「他們的追憶碎片構築成了奧特露露的身體。所有人在最後一刻追憶的，皆為銀水學院帕布羅赫塔拉。唯獨祈願銀水聖海平靜無波的這個學院同盟能夠存續下去——因而復活了掌管該法規的裁定神。」

所以在利斯特利亞掌管銀水學院帕布羅赫塔拉法規的神族，就是奧特露露嗎？

即使是「追憶廢淵」，果然還是沒有足夠的力量能夠讓主神復活吧。

「奧特露露藉由人們的追憶，以與過去些許不同的姿態復活，並且擁有了拯救帕布羅赫塔拉的力量。」

奧特露露目不轉睛地凝視著我。

眼睛深處的齒輪喀答喀答地轉動著。

「與『追憶廢淵』相連的奧特露露，能夠將其轉變為『機關淵盤』的權能。使用『機關淵盤』與收集而來的火露和銀水進行具現化的結果，就是至今為止伴隨各位學習的帕布羅赫塔拉宮殿。」

積累著已毀滅世界的追憶。正如銀水將棋中所見，「機關淵盤」所具現化的一般結果，就是廢墟吧。

所以是使用了火露的力量對其進行修繕嗎？簡單來說，現在的帕布羅赫塔拉宮殿與奧特露露，只不過是「機關淵盤」所吸引而來的居民們的回憶而已。

「咯咯咯，真是太有意思了不是嗎！裁定神，祢的那個身體，是由利斯特利亞的眾多居民們的追憶東拼西湊而成的。祢會對隱者艾爾米德發狂的理由一無所知，難道不是因為那個緣故嗎？」

耶魯多梅朵一面發問，一面打開毀壞的正門往裡頭走去。

「不可以隨便進去吧？」

亞露卡娜說。

「沒問題。」

奧特露露這麼說著，自己也穿過了正門。

熾死王旁若無人地向前邁進。

「正如熾死王耶魯多梅朵所言，奧特露露並非一切完好無缺。生前的奧特露露或許知道隱者艾爾米德發狂的理由。」

「祢想要回想起來嗎？」

被那麼一問，奧特露露一瞬間轉向了我。

可是祂什麼也沒說，繼續筆直地往前走。

「奧特露露沒有心，也不會追求沒有的事物。」

「既然祢是由追憶的碎片聚集而成的存在，即使擁有感情也完全不奇怪。」

祂不發一語地前進了幾步。

然後沒有停下腳步，而是以事務性的口吻說：

「……奧特露露沒有自覺……」

「既然如此，祢的目的是什麼？」

「帕布羅赫塔拉的永續。」

這次祂立即給出了答覆。

「裁定神奧特露露，將在此學院同盟繼續進行裁定。此時已經消亡的銀水世界主神與眾多居民們，應該是為了達成此目的才追憶奧特露露。他們祈願著元首發狂之前追求的銀海，希望它平靜無波──」

隆克魯斯曾說過，銀水學院帕布羅赫塔拉是邪惡階級制度的象徵。他們自泡沫世界搶奪火露這點也是事實。

我不認為他在說謊。

不過一件事情往往有許多面向。或許他的見解，只不過是眾多面向的其中之一而已。

「銀水世界是何時毀滅的？」

「大約在一萬四千年前。」

聖劍世界海馮利亞的前聖王歐爾多夫開始警戒帕布羅赫塔拉，則是在一萬六千年前。

如果是這樣，隱者艾爾米德從那時開始就已經出現發狂的徵兆了嗎？

「我聽說帕布羅赫塔拉學院同盟過去曾經以淺層世界作為核心成員？」

「銀水世界利斯特利亞僅提供帕布羅赫塔拉及其相關的理念，絕不親自來到臺前。元首艾爾米德的理想，是由大家一起討論、大家一起決定的同盟。他認為深層世界的存在要是曝光，就無法順利發展了。」

畢竟難免會有試圖討好銀水世界的成員出現吧。

「所以才叫做隱者嗎？」

「是的。」

「注意到艾爾米德發生變化，是在何時呢？」

「利斯特利亞毀滅的前一刻。」

在那之前，隱者艾爾米德並沒有圖謀不軌的跡象嗎……？

也許單純只是祂不知情罷了。

至少前聖王歐爾多夫察覺到了什麼。

「咯咯咯、咯咯咯咯、咯──咯、咯、咯！」

或許是發現了有趣的東西，遠處傳來熾死王的笑聲。

我們朝那個方向前進。

隨後來到一間天花板挑高，而且很寬敞的房間。

被折斷的長劍、損壞的大砲、破碎的盾牌、破損的書籍、缺損的葉輪、陳舊的顏料、碎裂的玻璃、破裂的船帆，以及帶有傷痕的人偶等物品，被雜亂地擱置在裡頭。

其中還有破爛不堪的銀水機兵，一字排開地陳列著。耶魯多梅朵站在該房間的最深處。

在他的視線前方，是一位神。身體由固態的水銀所組成，四處皆有破損。

「唔嗯，看起來像是神族，不過不是活的。」

雖然能夠感覺到微弱的魔力，卻沒有根源。這也是「機關淵盤」具現化的追憶嗎？

「咯咯咯咯，聞到了，聞到了呀！危險的氣息撲鼻而來啊！」

耶魯多梅朵彷彿反覆舔拭一般，看著擁有水銀身體的神。

「祢看，這裡寫著有關這位神的事跡。祢覺得會是什麼樣的內容呢？」

耶魯多梅朵用法杖指了指神族身旁的石板。

「完全看不懂。到底寫了些什麼呢？」

莎夏看向石板。

熾死王咧嘴一笑。

「我也完全看不懂！咯——咯、咯、咯！」

「我說你啊……」

那大概是銀水世界利斯特利亞的魔法文字吧。

我轉頭看向奧特露露。

隨後祂讀出那塊石板上的內容。

「——祂乃人類創造之機關。祂乃進軍之強兵。祂乃到達深淵之帆船。其名為絕渦的機關神——」

§ 10 【潛伏者】

從石板上記載的內容可以得知，祂與普通的神族似乎有所不同。

但是只憑這點資訊，難以釐清事實。

「這傢伙是什麼？」

我詢問奧特露露。

「這是隱者艾爾米德研究並創造的成果。生成自魔法而非秩序的人工神族——其名為機關神。這可能是將利斯特利亞引導至深淵世界的必要條件。」

利斯特利亞的元首，隱者艾爾米德創造出來的神嗎？

「世界的深度是由火露的量來決定的吧？」

「是的。」

「那麼，這位絕渦的機關神，是不是利斯特利亞用來攻擊深淵世界的手段呢？」

一瞬間面露困惑後，奧特露露回答：

「……根據奧特露露的判斷，如果隱者艾爾米德在開始創造這位神時即已經陷入瘋狂狀態，確實有這個可能……」

「嗯～？為什麼會提到『攻擊』呢？」

艾蓮歐諾露面露不解地歪頭思索。

「火露自淺層流向深層。最深層的世界，也就是位於深淵的深淵世界，擁有比任何一個小世界都更加強大的火露吸引力。位於第九十九層世界的利斯特利亞想要抵達深淵，就必須下潛至比這個深淵世界更深層的位置。」

嗯嗯——艾蓮歐諾露應聲附和。

嗯嗯——身旁的潔西雅和安妮斯歐娜也跟著模仿。

「也就是說，蒐集更多火露會是必要條件，然而使用正常的手段，就會被單方面地拉開差距。」

「是的。根據銀海的秩序，深層世界較淺層世界更為有利。越接近深淵，差距會越為顯著，一般推測深淵世界的位置自這片銀海誕生以來，就未曾改變。」

「為何說是『推測』？」

「根據帕布羅赫塔拉已知的情報，曾經前往深淵世界並活著歸來的人，只有魔王。只要他們繼續沉默，目前沒有獲悉詳情的方法。」

第一魔王毀滅暴君阿姆爾曾經去過嗎……？

在隆克魯斯的記憶中，那傢伙說過的話語，也被這個所謂的機關神使用了。

「『絕渦』是什麼？」

「意指吞噬萬物的漩渦，是連同小世界一併吞沒的銀水聖海的大災難。其別稱為『惡意的大漩渦』，據說存在於深淵世界。」

「唔嗯，也就是說沒有實際見過嗎？」

「是的。已毀滅的世界的追憶將匯流至『機關淵盤』，而言語的追憶將化為傳承，像這樣以石板的形式具現化。過去應該曾經存在某些由於遭遇絕渦的阻擋而毀滅的世界。」

「那麼，因為要突破那個絕渦，才叫做『絕渦的機關神』嗎？」

莎夏提問。

「奧特露露不知道真相，但是判斷其可能性很高。」

「畢竟都說是『到達深淵之帆船，進軍之強兵』了嘛。」

說完，耶魯多梅朵便「咯咯咯」地笑了。

「哎呀哎呀，事情開始變得有趣起來了不是嗎！隱者艾爾米德使用這位機關神的力量突破絕渦，並試圖奪取深淵世界的火露。假如直接奪取成功，第九十九層的世界與深淵世界之間的差距就會迅速地縮短，同時形勢逆轉！」

魔眼中閃爍著炯炯的光芒，耶魯多梅朵饒舌地說。

「然後呢？關鍵的深淵世界到底在哪裡呢？」

熾死王興致勃勃地問道。

「由於深淵世界沉陷在這片銀海過於深處的位置，平時就連其存在都無法感知。傳聞若是成功抵達第九十九層的世界，即能夠自該處勉強看見。其餘的方法，帕布羅赫塔拉並沒有相關的情報。」

「原．來．如．此！」

大魔王吉尼亞・希瓦赫爾德所統治的深層十二界，至少其中一處有可能會比第九十九層還要更加深沉吧。

然而比起那個，我更加在意的是——

「這就奇怪了呢。」

辛說道：

「既然已經成功抵達足以進入深淵世界的第九十九層，並且創造出作為侵略兵器的機關神，為何隱者艾爾米德還要毀掉自己的世界呢？」

奧特露露一時之間答不出來。

「……奧特露露不知道……」

「隱者之子，不是已經發狂了嗎？」

亞露卡娜說著，莎夏點了點頭。

「總覺得探究理由也沒有太大的意義。」

「前提是他真的發狂了吧。」

我這麼說完，奧特露露就將視線投向我。

「那麼，究竟是怎麼一回事呢？」

「天曉得。再瞎猜下去只會沒完沒了。」

畢竟是關於在遠古的過去就已經滅亡的世界的事情。

既然奧特露露不清楚真相，或許就無從著手調查，不過難得都來到這裡了，就再稍微探索一下吧。

和隆克魯斯之間也還有約定。預先知曉帕布羅赫塔拉的事情，自然再好不過了。

「能讓我看一下其他東西嗎？」

「聖上六學院的諸位可以自由往返此處。」

「咯咯咯咯，那我就來探索一下這玩意兒的製作方法吧！」

耶魯多梅朵用法杖指著絕渦的機關神。

「帕布羅赫塔拉並未留下絕渦的機關神的製作方法。」

「『機關淵盤』不是集結了追憶嗎？既然如此，搞不好會在哪裡留下線索也說不定。」

熾死王這麼說的同時，開始探索房間內部。

「來幾個人去幫忙熾死王吧。」

以娜亞為首，魔王學院的學生們開始往熾死王身邊移動。

「大家分頭找，目標是與過去的帕布羅赫塔拉或隱者艾爾米德相關的痕跡，不管什麼都好。說不定有奧特露露沒注意到的盲點。」

「遵命。」

辛和法里斯帶著學生們前往另一間房間。

雷伊、米莎和亞露卡娜等人也折返回來，各自朝不同的通道走去。

我和米夏、莎夏兩人則穿過機關神的房間，往更深處前進。水道在途中消失，通道的兩側排列著立鐘。每一座立鐘都顯得陳舊、四處皆有破損，而且指針一動也不動，

「這裡和剛才那裡的氣氛完全不同呢。」

莎夏說。

她身旁的米夏眨了眨眼。

「機關時鐘？」

「好像是。」

立鐘上附有發條，大概設有某種機關吧。

但是現在應該發動不了就是了。

再往前走，在崩塌的牆壁之中密集地埋藏著彈簧、主發條、齒輪和絲線等物體。

或許是原本在通道與房間之中設有某種機關吧，不過和時鐘一樣，現在已經喪失原來的機能了。

在那前方，有一間機關工房。

「剛才的時鐘是在這裡製作的嗎？」

莎夏這麼說完，米夏就靜靜地朝著工房的桌子移動。

該處放置著發條機關人偶。

「沒有損壞。」

她這麼說道，然後轉動主發條。

莎夏把臉湊近，目不轉睛地凝視人偶。

『……正帝……加油……！』

「呀啊——！」

那具人偶釋放出些微的魔力，喀答喀答地嘴巴動了起來。

『正帝加油……！正帝加油……！』

「嚇、嚇我一跳。」

『……遂行……完全……之……正義……吾等……常時走在正道之上……正義的機關，在他的手中……正帝加——！』

說到這裡，也許是主發條轉動完畢，人偶停止了活動。

「正帝？」

米夏歪頭思索。

「是銀水世界的王嗎？」

莎夏凝視著人偶說。

雖然元首是隱者艾爾米德，即使另外存在統治各國的王也不奇怪。

「正帝是銀水世界利斯特利亞童話故事中的英雄。」

隨後來到此處的奧特露露如此說：

「正帝的機關神是鋤強扶弱的正義的夥伴——這是利斯特利亞的每個人在孩童時期都聽過的故事。因此，在世界毀滅的前一刻，有許多居民予以追憶。」

在最後的瞬間，利斯特利亞的居民們希求正義的夥伴。

然而童話中的英雄並未於現實中出現，世界還是毀滅了。

遺留下來的，就是這個機關玩具嗎？

「雖然叫做銀水世界，好像有很多物品是以機關運作的呢？」

「這些是將銀水轉變為魔力驅動的魔法具。」

奧特露露對著發條人偶畫出魔法陣。

透視其內部，如同血管般遍布全身的管子裡頭確實裝有銀水。

二律僭主的樹海船愛歐妮麗雅也是利用銀水。

儘管根據傳聞，他的世界似乎已經毀滅了，看樣子也有可能是某個銀水世界。

「——元首阿諾斯。」

奧特露露一面做出側耳傾聽的動作，一面呼喚我。

「現在收到了來自元首雷布拉哈爾德的『意念通訊』。因為要召開六學院法庭會議，請您於晚間六點蒞臨聖上大法庭。」

來自元首雷布拉哈爾德，也就是說——

「是關於災人伊薩克的事情嗎？」

「是的。另外，這個先交付給您。」

奧特露露畫出魔法陣後，便出現數枚帕布羅赫塔拉的校徽，並且飄浮在空中。

祂拿起其中兩枚交付給我。

外觀與至今看過的校徽別無二致。

「這是聖上六學院的元首與主神專用的校徽。雖然是能夠在各個小世界間進行通訊的魔法具，會依據距離與魔力環境，設有通訊時間與通訊次數的限制。除了緊急情況以外，請節制使用。另外這個僅能與持有相同魔法具的對象進行通訊。」

我收下兩枚校徽，並用其中一枚取代自己制服上原有的校徽。

「剩下的校徽，是提供給要人們使用的。」

是杜米尼克身上配戴的那個嗎？

當要人消滅時，會記錄周圍的魔力傳送至帕布羅赫塔拉。

只要事先交給爸爸和媽媽，應該就能夠形成一定程度的嚇阻力。

「我就收下了。」

我畫出魔法陣，將剩餘的校徽放進去收納好。

接著我調轉腳步，把其他房間也查看了一遍。

然而在那之後並沒有什麼特別的發現，時間來到了日落時分。

回到宿舍一趟之後，我戴上阿伯斯的面具、披上外套，隻身離開第七艾蓮妮西亞。

我在附近的海域持續游動，微小的陰影隨即出現在遠方。

那是樹海船愛歐妮麗雅。它向我靠了過來。

我將視線投向樹海的大地，雷科爾就在那裡。他身上穿著由黑暗所包覆的全身鎧甲——暗殺偶人。

我緩慢地降低高度，著陸在樹海船上。

「這是約定好的東西。」

我將手中的「紅線偶人」拋擲出去，雷科爾用單手將其接住。

「確實收到了。」

「問你一件事。」

那傢伙以沉默回應我的話。

「你對帕布羅赫塔拉有什麼看法？」

「隱者艾爾米德還活著。」

雷科爾直截了當地說：

「我的見解是，他現在仍潛藏在帕布羅赫塔拉。」

「這話聽起來相當有趣。能否請你說得更詳細一點呢？」

緊接著，雷科爾便悠然地轉過身去背對我。

「卿有來客。」

暗殺偶人的黑暗擴展開來，雷科爾的身影消失。

下一個瞬間傳來轟隆隆隆隆隆的巨響，樹海船劇烈地搖晃。

『打開。』

隨著話音聲響起，樹海船再次震動起來。

有人正在試圖破壞架設在愛歐妮麗雅周圍的魔法障壁。

『喂，打開啦。你聽到了吧？要是不幫我打開，我就要破壞它嘍。』

珂絲特莉亞的身影出現在船的外面，她正在陽傘上集中魔力。

『算了。』

在我回答之前，她用力揮動陽傘，連同自己的身體全力衝向愛歐妮麗雅的魔法障壁。

『壞掉吧。』

我將二律劍刺向大地，解除愛歐妮麗雅一部分的魔法障壁。

珂絲特莉亞如箭矢一般地飛來。或許是她所預期的阻力消失的緣故，她的速度越來越快

——就這麼直接撞向大地。

沙土飛濺，樹海船破了個大洞。

「唔嗯。」

我悠然地向前走，往大洞中望去，她正在裡頭撢著塵土。

去死吧——可以聽見她頗有怨氣的低語聲。

「珂澤，妳就沒辦法中途停下來嗎？」

珂絲特莉亞雙眼保持緊閉，一臉若無其事地轉頭面向我。

「你害我全身沾滿灰塵，給我負起責任。」

§ 11　【珂澤】

在自己撞出來的大洞中，珂絲特莉亞紋絲不動地站在原地。

她一臉若無其事地轉頭面向我，明明閉著眼睛，卻好像在瞪著我一樣。

「妳打算在那裡賴到什麼時候？」

「你不拉我上去嗎？」

她冷淡地別過臉去。

「說話像個小孩子一樣。」

我發送魔力，試圖用「飛行」的魔法讓她飄浮起來，卻被珂絲特莉亞的反魔法給擋下。

「妳在做什麼？」

「不要偷懶。我討厭像物品一樣被空運。」

要求還真多。

我使用「飛行」起飛，緩慢地往洞中降下，朝著將臉別向一旁的珂絲特莉亞伸出手。

她稍微把臉轉向我，我隨即用整個手掌一把抓住她的頭。

「真拿妳沒辦法。」

「咦……等一下……不要把我當成物品啊……！」

我就這麼直接上升，離開洞穴。

被抓著頭、垂吊在空中的珂絲特莉亞手忙腳亂地掙扎。

「去死吧……！給我……放手……！」

黑色粒子聚集在她的身體上。

她試圖朝我的手臂刺出陽傘。

「給我安分一點。」

「呀啊——」

我繼續抓著珂絲特莉亞的頭，將肩膀轉了又轉。她被高速迴旋的力道所壓制，而無法刺出陽傘。

不對，問題已經不在這裡了。

「等一下……你做什……？住、住手……你在做什麼……！」

大約轉了三十圈後，我把珂絲特莉亞放回到大地上。

我一落地，她隨即睜開義眼凶狠地瞪向我。

「不要那麼粗魯地對待我。我不是物品！然後頭好暈！真的好暈！」

我忍不住噗哧一聲發出笑聲。

「妳希望我溫柔對待妳嗎？」

被這麼一問，珂絲特莉亞彷彿語塞般閉上嘴。

「……我才沒有……那麼說……」

與其盛氣凌人的態度相反，她的話音顯得微弱、逐漸消失。

「那就無所謂了吧？」

「哪裡無所謂了？如果我不是毀滅獅子，脖子就被扯斷了！」

「咯哈哈，那種事等斷了之後再來抱怨。」

「斷了之後就沒辦法抱怨了！」

珂絲特莉亞發起牢騷，情緒顯得越來越亢奮。

「不過是脖子斷掉這點程度而已，就說不出話了嗎？還真是可愛呢。」

「……不要把我當成怪物！」

我咯咯咯地竊笑，她看似不滿地瞪向我。

「然後呢？今天找我有什麼事？」

「那句話應該是我問你才對！你是搭這艘船來伊威澤諾的吧？你來這裡做什麼？」

原來是這件事嗎？

不過我可不能傻傻地老實交待。

「不是說好要讓妳見識一下嗎？」

這麼說完，珂絲特莉亞一瞬間愣住了。

「幫妳排解無聊了嗎？」

「說到底，你來的時候我正在忙。再說我都追上來了，你卻沒有停船。」

「看來我來的時機還真是不好呢。」

珂絲特莉亞一臉不服地緊咬下脣。

「你是特地跑來給我看船的嗎？」

「來辦些事情，順便找妳。」

她朝我投來銳利的視線。

彷彿要試探我的目的一般問道：

「辦什麼事情？」

「唔嗯，妳那麼想要知道關於我的事情啊？」

剎那間，黑色粒子迸出耀眼的光芒，她投擲出去的陽傘朝我的面具逼近。

我輕輕接住陽傘，並且將它打開。

「妳還真貼心呢，珂澤。我正嫌銀燈太刺眼了。」

「誰要送你啊！還給我！」

珂絲特莉亞迅速靠近，伸手試圖奪回陽傘。

我倏地將手臂舉高，躲開她的手。

「臨走時再還給妳。讓妳繼續拿著凶器，都沒辦法安穩地說話了。」

「你明明毫髮無傷。」

就像放棄一般，她嘆了口氣。

然後彷彿在暗中觀察我，匆匆地瞥了我一眼。

緊接著是幾秒鐘的寂靜。

她說道：

「名字……想好了嗎？」

「是啊。」

「這樣啊。那麼我就姑且聽聽看。可是如果又是隨便取的名字，你知道後果吧？」

宛如隱藏內心的想法一般，珂絲特莉亞故作淡定且語帶威脅，因此我輕輕地點頭回應。

「叫什麼？」

「珂澤。」

「根本沒變嘛！」

珂絲特莉亞試圖刺出陽傘，然後伸手抓住空氣。手指兩次、三次撲空後，她稍微露出難為情的神色。

她大概是氣到連手上沒有陽傘這件事都忘記了吧。

「雖然我重新想過了，這個名字出乎意料地合適呢。」

「太隨性了。」

珂絲特莉亞像個孩子一樣吐出舌頭。

「珂澤，妳不覺得這是個很好的名字嗎？」

「誰知道啊。」

她鬧彆扭似的當場席地而坐，同時仰面朝躺在地上。

在別人的船上還這副德性，真是個隨性的女人。

「……你要去哪裡嗎？」

「我正準備回到第七艾蓮妮西亞。還得要繼續監視帕布羅赫塔拉。」

「這樣啊。」

她看起來不感興趣地回應。

看起來又像是預想落空而失望。

「如果我要去哪裡，那又如何？」

「……沒什麼……」

珂絲特莉亞翻了個身背向我。

「關於之前提到的事情——」

「……之前？不記得了。」

「即使毀滅小世界，『淵』也不會消滅。」

至少即使銀水世界利斯特利亞毀滅了，「追憶廢淵」也並未毀滅。

「……這樣啊……」

她的回應顯得意興闌珊。

與其說是沮喪，看起來更像是無精打采。

「聖上六學院應該早就知情了。」

「來自娜嘉姊姊支配範圍的情報根本就不可信。」

嗯，畢竟那個女人天生就是個騙子啊。

為了不讓珂絲特莉亞毀滅伊威澤諾，她應該會無所不用其極。

因此才跑來向看似無關的二律僭主詢問嗎？

「但是已經無所謂了。好麻煩。」

說到底，只要有娜嘉和波邦加在，毀滅伊威澤諾這件事情本身應該就很難達成。

幻獸和幻魔族們應該也不會坐視不管，而且災人可能會甦醒。

「我想回去了。」
「那妳就回去吧。」
「我該回去哪裡呢？」
聽不太懂她的意思。
「伊威澤諾怎麼了嗎？」
「我不想回去。」
「跟誰吵架了嗎？」
「剛好相反。是一直都在吵架。」
確實，他們就連在序列戰途中都在脣槍舌戰呢。
「……你說過想要毀滅帕布羅赫塔拉吧……？」
她慢慢地翻身面向我，同時睜開義眼。
「……要我幫你嗎？我能夠進到帕布羅赫塔拉宮殿裡頭。你想知道的事情，我全部都能幫你調查……」
以前不太明白她到底想要做什麼，不過現在多少能夠預料。
珂絲特莉亞根本就沒有什麼驚世駭俗的目的。
她只是被剎那間的感情所驅使罷了。
「我不需要野獸的協助。」
「那是什麼意思啊？」

珂絲特莉亞伸手撐起上半身，露出不開心的表情。

突然間，樹海船劇烈地搖晃。

「……什……麼……？」

珂絲特莉亞一個重心不穩，臉朝下地撞向地面。

樹海船愛歐妮麗雅在第七艾蓮妮西亞著陸，深深削掉一大塊大地。和過去相同，它與這片大地合為一體，成為了幽玄樹海。

「降落前先說一聲啦。」

「我去辦點事情。」

我舉步向前，她便看似不滿地準備起身。

「妳就隨自己喜歡地繼續躺著吧。」

我拋出珂絲特莉亞的陽傘，返還給她。

「……沒關係嗎？這裡是你的地盤吧？」

「區區野獸闖入，沒什麼大不了的。」

珂絲特莉亞一瞬間露出看似有所不服的表情，可是似乎又改變了主意。她身體一倒，在原地躺了下來。

我不再搭理她，準備從那個地方離去時——

「現在的伊威澤諾海域很不平靜。」

她彷彿自言自語一般說：

「娜嘉姊姊的情況不太對勁。」

她的口吻平淡且缺乏朝氣。儘管如此仍明確地對我說：

「也許災人已經甦醒了。」

§12 【災人】

帕布羅赫塔拉宮殿，聖上大法庭──

當我轉移到此處，聖上六學院的代表們已經就座。

唯有一人缺席。

那就是雜貨工房的魔女蓓拉彌還沒現身。

「雷布拉哈爾德，歐爾多夫現在在哪裡？」

我在米里狄亞世界的席位就座，同時避重就輕地問：

「和往常一樣出去釣魚了。大概在某個淺層世界吧。」

「無法跟他取得聯繫嗎？」

「先王使用的船沒有對外的通訊手段。」

一般的「意念通訊」無法傳達到小世界外部。如果他說的是事實，不清楚他人在哪裡也是很理所當然。

「找先王有什麼事嗎？」

「有事情想要問他。」

說完，沙啞的話音響起。

「想要和歐爾多夫直接交談，不知要等幾千年才有那個機會喔。」

自轉移的固定魔法陣現身的，是綁著頭巾且戴著護目鏡的老婦人——蓓拉彌。

她在巴迪魯亞的席位就座，同時說道：

「就連身為老朋友的我，那個薄情男都不打算來見個面啊。唉，大概是他在聖王時代一板一眼的性格所造成的不良影響吧，現在就只想盡情地享受自由。沒錯吧？」

雷布拉哈爾德露出苦笑，同時點了點頭。

「全員到齊了呢。」

話音一落，法庭的氣氛變得嚴肅起來。

戴著制服帽子的男人吉恩，以及暗殺偶人的雷科爾，將視線投向雷布拉哈爾德。

「我們切入議題吧。是關於災淵世界伊威澤諾的事情。」

「聖王先生的對應真的很快呢。」

娜嘉面戴微笑，同時以帶刺的口吻說。

「畢竟是學院同盟共同的危機。」

雷布拉哈爾德若無其事地避開鋒芒，轉頭朝奧特露露看去。

祂點了點頭開口說：

「奧特露露報告調查結果。兼具元首與主神雙方力量的災人伊薩克，現在的災淵世界伊威澤諾因他的持續沉睡而無法正常維持秩序。事實與元首代理娜嘉的聲明內容相符，災淵世界的居民正面臨失去理性，抑或是銀泡本身遭到『渴望災淵』吞沒的危險。」

「真是的，那豈不是麻煩大了嗎？為什麼放置不管到這種程度啊？妳難道沒有及早採取對策嗎？」

蓓拉彌對著娜嘉心直口快地提問。

「我可沒有放置不管。伊威澤諾也有採取對策喔。」

「卿所謂的對策，是指將災人喚醒嗎？」

如此發言的人，是魯澤多福特的軍師雷科爾。

「我們是最近才加入帕布羅赫塔拉的吧？在那之前願意協助我們的，就只有你們世界的前皇子而已喔。」

「他原本是卿所在世界的居民吧？」

「是啊。唆使他進行搶奪的，是你們的主神傀儡皇貝茲吧？」

「我無法認同卿的見解。」

隨後蓓拉彌深深地嘆了口氣。

「事到如今繼續爭論那種事情，也只會沒完沒了啦。雷布拉哈爾德小弟，所以你打算怎麼做？」

「災人伊薩克為不可侵領海，而且擁有一時興起就能夠輕易毀滅世界程度的力量。他依循自己的渴望而行動，只為了滿足欲望而活著。對於生活在銀水聖海的人們而言，說他本身即為災害也不為過。」

雷布拉哈爾德淡然地說明：

「如先人們傳承至今的告誡所言，絕對不能將他喚醒。基於這個理由，我發起提案——集結帕布羅赫塔拉的全部力量，對即將甦醒的災人伊薩克施以封印，以及對災淵世界伊威澤諾進行救濟。」

「奧特露露認同銀水學院序列第二位，狩獵義塾院發起的提案有效。全部學院須參與投票，如贊成票占相對多數，則提案通過。贊成的人請舉手。」

舉手的人，分別是雷布拉哈爾德、蓓拉彌，以及吉恩。

我、娜嘉，以及雷科爾則投反對票。

「哎呀？你們兩位願意站在我這一邊啊？謝謝啦。」

娜嘉如此開著玩笑。

「贊成三票，反對三票。基於此投票結果，提案並未通過。請各學院代表針對元首雷布拉哈爾德的提案進行協議。」

奧特露露以事務性的口吻陳述。

唉——蓓拉彌嘆了口氣。

「最近的年輕人還真是讓人傷腦筋。竟然說要放任那個伊薩克不管。在我們的世代，根本不會有這個念頭啊。」

她以雙手抱住後腦勺，靠向椅背。

「元首代理娜嘉，由帕布羅赫塔拉對災淵世界伊威澤諾進行救濟——對於這項條件，妳依舊有所不服嗎？」

雷布拉哈爾德向娜嘉提問。

「當然，我在意的點有很多。說到底，聖王先生打算用什麼方法來救濟災淵世界呢？」

「有幾種方法可以考慮。我們只要透過協議決定即可。」

「例如『讓祝聖天主艾菲祝福伊威澤諾』之類的方法？」

「那並不是你們所期望的方式。」

娜嘉瞇起眼睛。

「你真的那麼認為嗎？讓可恨的災淵世界走上正道——海馮利亞一直以來都這麼說。」

她的臉上持續掛著和藹的笑容繼續說：

「趁這個好機會，我就在這裡說清楚吧。我們亞澤農的毀滅獅子與伊威澤諾的居民所擁有的這種渴望，對於我們自己而言，當然也像無法預料的災厄。對我來說說謊就和呼吸一樣，就連現在也有可能是在說謊，因此讓自己陷入更不利的處境。」

彷彿在說那是一件值得自豪的事情般，她在輪椅上堂堂正正地挺起胸膛。

「不過，這就是我們啊。海馮利亞或許想著要將野獸變為人，可是那是多管閒事。」

「我理解伊威澤諾的主張。」

「我想也是。我們也理解海馮利亞的想法喔——還是野獸時難以理解；只要成為人就一定會感謝我們。」

娜嘉以諷刺的口吻提出抨擊的言論。

「即使我們不再是幻獸或幻魔族，也只會憎恨你們。恨著恨著，然後獲得新的渴望取代被剝奪的渴望，再以人的姿態緊咬你們不放。」

「唔嗯，不過，包含你們亞澤農的毀滅獅子在內，似乎也有人擁有不同的想法。」

我說完，娜嘉便將視線移向我。

「例如珂絲特莉亞。嗯，她大概會拒絕海馮利亞的做法，但是她厭惡自己的渴望。也許出乎意料地，變成人會更加幸福也說不定喔。」

「你知道的還真多。」

「只為羨慕而活著，不可能會快樂。」

隨後她冷冷地微笑。

「阿諾斯到底站在哪一邊呢？」

「我只是單純對提案有所不滿而已，沒打算要擁護伊威澤諾。」

「那麼——」

雷布拉哈爾德宛轉地插話。

「元首阿諾斯，在下想聽聽看你對於提案的見解。」

只要反對的三人之一改變意見，提案就會因贊成票占多數而通過。

雷布拉哈爾德打從一開始計劃拉攏的對象，就不是絕對不會贊成的娜嘉，而是我或雷科爾吧。

和娜嘉之間的小衝突，是為了暗中觀察其他人的動向嗎？

「明明在決定伊威澤諾的未來，卻不諮詢主神與元首的意見，這種事情不合道理。不是應該邀請他來到這個法庭會議嗎？」

對於我的發言，眾人一瞬間陷入寂靜。

「我認為你的見解很正確。」

雷布拉哈爾德說：

「前提是對方不是災人。」

「要是說他一時興起毀滅世界是個問題，由我來壓制他即可。」

「不可以說這種傻話喔。」

蓓拉彌揮動一隻手否定。

「我們並不是懷疑你的力量，先前你在銀水將棋中的表現確實很厲害。可是啊，還是有不可能達成的事情。就算在法庭會議中什麼事情也沒有發生，那之後該怎麼辦？你打算不分晝夜地持續監視他嗎？」

「直到得出結論為止，只能那麼做吧。要是他興致來了，只要讓他睡著就好。」

「那樣會引發戰爭啊。這種方案根本就不想考慮。喂，吉恩，你怎麼想？」

「是的。」

魔彈世界的吉恩以一本正經的口吻立即回答：

「雖然災人的力量仍有未知的部分，倘若集結包含深淵總軍在內的聖上六學院的戰力，我認為擊敗他並非不可能。然而，既然我方的損害無法避免，我判斷應以迴避戰鬥為最優先選擇。」

魔彈世界的主張率直且易懂。也就是說，沒有必要不惜冒著危險也要聆聽災人的見解。即使伊威澤諾毀滅也無所謂吧。

鍛冶世界的代表蓓拉彌的見解也大致相同。

尚不明瞭的果然是——

「雷布拉哈爾德，你不想和災人對話看看嗎？」

「災人伊薩克明知伊威澤諾終將如此，仍然主動進入長眠。我認為這就是他的回答，沒必要特地將他喚醒。」

唔嗯……

到底哪些部分才是真心話？

雷布拉哈爾德在即位為聖王時，應該繼承了歐爾多夫的夢想才對。讓災人繼續長眠，就能夠達成那個夢想了嗎？

還是說——

「看來會花很長的時間。我想先確認一下餘裕，有災人覺醒的徵兆嗎？」

雷布拉哈爾德詢問娜嘉。

「聖王先生很愛操心呢。覺醒的術式已被消除，即使就這麼放著不管，幾個月內也不會甦醒啦。」

這句話和從珂絲特莉亞那裡打聽到的情報不一樣，應該是謊言。

「妳能夠保證那句話的真實性──我可以這麼理解嗎？」

「即使過來監視，我也不會介意。我指的不是海馮利亞，而是讓奧特露露來做。」

一臉嚴肅的雷布拉哈爾德與面帶笑容的娜嘉，交錯的視線迸發出火花。

「我知道了，就採取那個妥協案吧。」

「奧特露露明白了。首先讓位於伊威澤諾附近海域的銀海鯨魚前往──」

話還沒說完，奧特露露突然沉默不語。

詭異的寒氣在聖上大法庭中瀰漫。

室內的溫度急速下降。

在場的所有人皆站起身，立即抬頭看向天花板。

上頭處於結凍狀態。突然間，帕布羅赫塔拉宮殿劇烈震動，結凍的天花板炸了開來。

大量的寒氣自巨大的洞口流入，一道人影降下。

面對龐大的魔力，我的根源蠢蠢欲動。

「……伊薩克…………」

蓓拉彌不由自主地低語。

寒氣散開後，站在那裡的是一名擁有蒼藍魔眼的男人。彷彿野獸鬃毛般的頭髮也呈現蒼藍色，同時飄落著冰霜。

他張開的嘴中微露出獠牙，伴隨著呼吸吐出白色的寒氣。男人做出就像在聞氣味的動作之後，將視線投向雷布拉哈爾德。

「喂，獵人。」

發出彷彿野獸般凶猛的聲音。

災人伊薩克盯著聖王質問：

「歐爾多夫在哪裡？」

§13 【理性與渴望】

空氣——異常地寒冷。

聖上大法庭中充斥著寒氣，導致室溫沒有限度地下降，各種物體在轉瞬間逐漸結凍。

位於正中央的男人將兩手插在長褲口袋中，面露凶猛的神情將視線投向雷布拉哈爾德。

「喂。」

那傢伙粗暴地說。

災人光是發出聲音，便使得聖上大法庭發出喀答喀答的聲響震動起來。

「沒長耳朵嗎？」

「找先王有什麼事嗎？」

雷布拉哈爾德沒有顯露一絲動搖回話說：

「如今海馮利亞的聖王是我，雷布拉哈爾德・海因利爾。先王的一切皆由我繼承，假如有什麼事情，我來負責處理。」

災人不發一語地瞪視雷布拉哈爾德。

「是關於約定的事情啦。」

「所謂的『約定』是指？」

災人不耐煩地嘆了口氣，寒氣隨之噴出。不過雷布拉哈爾德伸手一揮，以反魔法驅散。

「他人到哪裡去了？不會已經死了吧？」

「先王仍然健在。可是，我不能讓他與可能會造成危害的對象見面。」

「那個大笨蛋又不是稍微聊個天就會死的弱雞。」

伊薩克以粗暴的口吻說，同時將頭髮撩起。

閃閃發亮的純白冰霜落下，地面漸漸凍結起來。

「即使是勇者歐爾多夫，也敵不過衰老。你能理解你所知道的力量已經不存在了嗎？」

「吵死了。」

災人一臉嫌麻煩地說：

「又不是要吃了他。別再說廢話了，告訴我他的位置。」

雷布拉哈爾德凝視災人的蒼藍魔眼。

好像試圖窺探其內心一般詢問：

「你的意思是，你沒有打算要危害他嗎？」

凶暴的視線貫穿雷布拉哈爾德。

彷彿再繼續爭論下去，就會立刻襲擊過來的氣息。

他靜靜地垂下目光。

「……我知道了。但是，先王正在淺層世界到處流浪，無法掌握他現在的位置。可以給我一個月左右的餘裕嗎？」

「太久了啦。」

伊薩克簡短地說。

「銀水聖海相當廣大。先王會定期回到海馮利亞，應該一個月內就會回來吧。當然，我們也會搜索——」

寒氣圍繞災人的全身形成漩渦。

宛如呼應那傢伙的焦躁情緒一般，魔力非比尋常地快速增加。

「麻煩死啦！」

剎那間，帕布羅赫塔拉各處傳來沉悶的聲響。

嘎、嘎嘎嘎、嘎嘎嘎嘎嘎嘎嘎嘎嘎嘎嘎嘎嘎的破壞聲響起，宮殿的三分之一連同浮遊大陸一起逐漸崩落。

帕布羅赫塔拉無法承受災人所散發出來的魔力。

「把這裡全部破壞掉，他就會趕回來了吧？」

伊薩克用力握緊拳頭。

雷布拉哈爾德、吉恩與蓓拉彌立即作出反應，迅速構築魔法陣以對抗那傢伙的攻擊。

「太慢——」

「且慢。」

災人的視線變得銳利。

我堂堂正正地從正面接近那傢伙，並且用手掌包覆住他的拳頭。

噴發而出的蒼藍寒氣與捲起漩渦的黑色粒子發出劈里啪啦的聲響相互衝突，激烈地噴濺出火花。

「縱然你毀滅了帕布羅赫塔拉，等到消息傳到隱居老人那裡，都不知經過了多久喔？」

「滾開。」

災人投注更多力量，可是他的拳頭仍舊紋絲不動。

無處宣洩的力量餘波，導致帕布羅赫塔拉宮殿嘩啦嘩啦地崩落，連帶震撼了第七艾蓮妮西亞。

伊薩克此時才第一次正眼看清我的臉。

「……你這傢伙是誰啊？」

「我是轉生世界米里狄亞的元首，魔王阿諾斯．波魯迪戈烏多。」

說完災人便露出稍微感興趣的表情。

「哈！你就是娜嘉提到的亞澤農的毀滅獅子嗎？」

雷布拉哈爾德的表情變得凝重。

蓓拉彌和吉恩的注意力一瞬間轉移到我身上。

「——然而還不只是那樣而已。」

彷彿評估我的價值一般，伊薩克用魔眼凝視並深入地窺探深淵。

「讓我看看吧。」

那傢伙舉起的左手臂描繪著魔法陣，蒼藍色的冰霜開始凍結。

「『災牙冰掌（garumunku）』。」

「『根源死殺（bebuzudo）』。」

我和災人向彼此刺出手臂。

蒼藍寒氣與黑色粒子捲起漩渦，凍結的手掌與漆黑的指尖激烈地碰撞。

轉瞬間「根源死殺」立即結凍，凍傷蔓延到我左手臂的肩膀關節處。

「太淺了啦。你應該不只如此吧？」

災人朝我的腹部猛踢。儘管我用右臂擋下攻擊，被彈飛的身體仍然弄壞了聖上大法庭的桌子。

蓓拉彌與吉恩使用反魔法與魔法障壁包覆室內，減輕帕布羅赫塔拉宮殿的損害。

雷布拉哈爾德站在能夠保護奧特露露的位置。祂正在描繪某個魔法陣，而雷科爾將該魔法隱蔽起來。

『假如按照那個步調繼續幫我們爭取時間，就能夠將災人拖進「機關淵盤」。』

雷布拉哈爾德傳來「意念通訊」。

無論事態如何發展，那應該都是最優先事項。

災人還抱著遊玩的心態。要是不趁現在將他隔離起來，在他認真起來的瞬間，帕布羅赫塔拉宮殿隨之毀滅也不奇怪。

「拿出你的真本事吧，阿諾斯・波魯迪戈烏多。」

災人面露凶暴的神情說。

「那就試著讓我認真起來吧。」

我在面前畫出魔法陣。

「『深印』。」

接著再疊加上另一種魔法陣，構築出立體魔法陣。

「『災牙冰掌』。」

災人如同野獸來襲般早一步逼近而來，然後施展出凍結的掌底。作為應對，我再次從正面對其伸出手。

「『根源死殺』。」

冰塊碎裂的聲音響起。

漆黑的「根源死殺」之手將災人的「災牙冰掌」之手給壓制住了。

「哈！」

災人的話音中帶著愉悅。

「你把淺層魔法深化了吧。能夠不使用火露就做到這種事情的，照理說只有第三魔王希斯托尼亞而已——你從哪裡學來的？」

「這沒什麼。我在帕布羅赫塔拉看到『深印』的術式，只不過是窺探了其深淵而已。」

我一說完，災人便笑了起來。

他就好像發現了十分有趣的事物一般，可是又帶著充滿瘋狂的笑容。

「太有趣啦！」

災人收回魔力並抽回拳頭。然後，他就像故意露出破綻一樣，在我面前轉身現出後背。

「回去嘍。」

伊薩克說道。

於是至今為止靜觀事態發展的娜嘉愕然地開口說：

「災人先生不是說過，要隨我的意思進行安排嗎？如果要這麼做，打從一開始就由你一個人來不就好了？」

「我改變主意了。」

「都怪你一時興起，我在背地裡辛苦完成的準備工作全都泡湯了。」

「就是因為刻意隱藏才會漏餡啦。這不就是女騙子的末路嗎？」

娜嘉語帶責備地嘆了口氣，同時推著輪椅去到伊薩克的身旁。

「喂。」

災人將視線投向雷布拉哈爾德。

「我只等你三天。給我把歐爾多夫帶來伊威澤諾。」

「我會妥善處理，但是——」

「要是辦不到，我就摧毀海馮利亞。」

災人直截了當地如此斷言。

「就這麼約定了。」

「我可以理解那句話的意思是，你將與帕布羅赫塔拉為敵嗎？」

「隨你怎麼想。我對學院同盟什麼的沒興趣。」

伊薩克與娜嘉使用「飛行」朝天花板的洞口持續上升。

「災人伊薩克。」

雷布拉哈爾德說：

「假如與帕布羅赫塔拉交戰，姑且不論你，伊威澤諾的居民將無法全身而退。你同時身為主神與元首，如此毫不顧慮人民的作為，真的可以說是正道嗎？」

「海馮利亞這幫人無論哪個時代，說的話都一模一樣。一下說虹路，一下說正道，真是麻煩死了。那副嘴臉就好像在說這個銀海存在正義一樣。」

雷布拉哈爾德保持毅然的態度回答：

「正義確實存在喔。至少順從渴望而活並不是正義。」

哈——對於那句話，伊薩克一笑置之。

「你難道就不渴望正義嗎？」

「倘若是為了正義，我們連追求正義的心都可以捨棄。那就是人的理性喔。」

對於一臉嚴肅的雷布拉哈爾德，伊薩克回以充滿瘋狂的笑容。

「成為邪惡野獸並暴屍荒野，比被正義馴養的野獸還要好上幾億倍啊。」

兩人繼續提升高度，自宮殿飛翔而去。

「從我的角度來看，歐爾多夫的兒子，你遠比我還要更加瘋狂啊。」

§14 【五個世界的主張】

奧特露露仰望破洞的天花板。

謹慎地觀察位於天空另一端的黑穹之後，祂靜靜地垂下視線。

「災人伊薩克與娜嘉．亞澤農已經離開第七艾蓮妮西亞。」

祂重新面向聖上六學院的代表說：

「災人伊薩克的發言，將被視為伊威澤諾對帕布羅赫塔拉的敵對宣言。帕布羅赫塔拉學院條約第五條，對於帕布羅赫塔拉沒有表明敵對意思，有明確敵對行為的小世界，將自本學院同盟除名。遵照本條約，從現在開始災淵世界伊威澤諾將自帕布羅赫塔拉除名。」

沒有人提出異議。

災人說要摧毀海馮利亞。

對於帕布羅赫塔拉而言應該是不容忽視的事態。

「鑑於緊急事態，奧特露露將向全學院同盟報告狀況。」

祂使用「意念通訊」向帕布羅赫塔拉各處傳達情報。

吉恩走向房間中心。

「『魔彈索敵（kesseru）』。」

黃色的子彈從他描繪出的魔法陣當中出現。

吉恩將那發魔彈射向天花板洞口上方的天空，魔彈隨即分裂為無數發，如同覆蓋天空的傘一般往外擴散。

「我負責戒備他們再次入侵第七艾蓮妮西亞。」

吉恩說道。

四散的「魔彈索敵」遍布第七艾蓮妮西亞的全部空域。

那個術式似乎能夠探知進入領域的物體。假如範圍如此廣大，就不會漏看任何來自外側的入境者。

「奧特露露已經向全學院同盟報告災人伊薩克的來襲與伊威澤諾的除名事宜。」

奧特露露說。

「不過，事情變得棘手了呢。」

蓓拉彌將手深入魔法陣中心取出大槌。

她輕盈地揮動它，粉碎半壞的桌子並砸裂地板。緊接著她在原地畫出魔法陣，桌子和地板轉眼間就恢復原狀。

頃刻之間，就連天花板的破洞都恢復原狀，被破壞了三分之一左右的宮殿也都修復好。

「魔力沒有恢復喔。總比連個空殼子都沒有還要好吧。」

「帕布羅赫塔拉宮殿的機能部分，之後再由奧特露露進行修復。」

「那麼接下來——」

蓓拉彌將視線投向雷布拉哈爾德。

「這種情況，還是向令尊請求協助比較好吧，雷布拉哈爾德小弟？」

「災人的目標似乎是先王，不能讓他們見面。」

「見面什麼的，事到如今已經無所謂了。我想你應該最清楚，歐爾多夫是與災人交戰並存活下來的男人。他應該很熟悉那傢伙的事情，而且更重要的是，只要有他在，士氣就會有所不同。」

雷布拉哈爾德一臉嚴肅地點頭。

「先王的偉大毋庸置疑。然而，海馮利亞的狩獵義塾院可沒有那麼柔弱喔。關於災人的事情，也已經全部都從先王那裡聽說了。」

蓓拉彌皺起眉頭。

「你的意思是，單靠你們自己就能對應嗎？」

「倘若每次陷入危機都要請已退位之人重出江湖，將永遠無法向未來邁進。我們自認已經為此做好準備了。」

蓓拉彌聳聳肩說：

「想法是很出色啦，不過向未來邁進這點，等解決災人之後再說也不遲吧？說到底，伊薩克的目標是令尊，所以繼續讓他在淺層世界流浪會很危險吧？」

「我們會予以保護，將他隱藏在任何人都不知道的地方。」

儘管可以理解他不想讓年邁的父親上戰場的想法，頑固到這種程度就很可疑了。

雖說關於災人的事情傳承下來了，親身體驗過那股力量之人與毫無經驗之人，兩者之間還是雲泥之別。

蓓拉彌說得沒錯，即使不上前線，也只要在後方指揮就好。

如此頑固拒絕的理由究竟為何？

「雷布拉哈爾德元首。」

吉恩維持直立不動的姿勢，以耿直的語調說：

「我提議以先王歐爾多夫為誘餌，藉此確實殲滅災人。先王的人身安全，我等艾蓮妮西亞深淵總軍會予以保證。」

「我無法接受這個提議。」

「我等也無法參與不合理的作戰。」

吉恩斬釘截鐵地斷言。

「即使如此也無所謂。與伊威澤諾之間的紛爭，是海馮利亞自古以來始終存在的問題。我明白艾蓮妮西亞方面並沒有提供助力的義務。」

「這感覺不像是精神正常的人會說的話呢。」

蓓拉彌如此發牢騷。

「海馮利亞被災人攻克的風險，我等艾蓮妮西亞也無法忽視。你打算如何不借助深淵總軍的力量，來擊退伊威澤諾呢？」

吉恩以一本正經的表情提問。

「伊威澤諾與海馮利亞互為天敵。那些傢伙的尖牙與利爪將我們撕裂，我們的長劍與弓矢將那些傢伙貫穿。儘管災人擁有值得畏懼的力量，並非沒有與之對抗的手段。勝負的關鍵取決於戰場位於何處。」

雷布拉哈爾德條理分明地回答：

「如果是在那些傢伙的地盤內，則勝算不大；如果是在我們的狩獵場內，則由狩獵貴族穩操勝券。」

在災淵世界伊威澤諾交戰將有利於災人；在聖劍世界海馮利亞交戰則對聖王有利嗎？兩個世界的秩序，大概會給予各自世界的居民相反的恩惠。

「意思是要將災人引到海馮利亞嗎？」

對於我說的話，雷布拉哈爾德點了點頭。

「我們已經釐清，災人眼下的目的是先王。正如他所言，我們應該可以預見他三天後會來犯海馮利亞。」

「假如透過情報戰，成功讓對方以為歐爾多夫躲藏在海馮利亞，倒還無大礙。可是，要是對方並未上鉤，又該如何是好？」

對於吉恩的質問，雷布拉哈爾德回答：

「吉恩隊長，雖然深淵總軍擅長作戰，災人卻是野獸。論狩獵，是我們狩獵義塾院的獨門領域。伊薩克並沒有『等待時機』這個選項。」

「我願洗耳恭聽您那麼說的根據。」

「即使歐爾多夫不在海馮利亞，只要在他的故鄉作亂，他就必定會趕回來——這是野獸的思考方式。對於災人而言，襲擊海馮利亞最有效率。」

「然而根據我的判斷，那樣做對於伊威澤諾而言，風險太高了。」

吉恩立即陳述疑點。

「伊威澤諾居民的理性與渴望互相衝突時，渴望必定會勝出。災人的腦袋大概不會去考慮風險之類的觀念，只有自己的衝動才重要。否則，他根本不會隻身來犯帕布羅赫塔拉。」

「即使我們假設這個主張為真，以先王歐爾多夫當作實際的誘餌，依然能夠更加有效地對應野獸的渴望。在災人接觸先王之前，我等的魔彈即可將他射穿。」

「不可以讓先王擔任誘餌的工作。」

「如果您對於深淵總軍的戰力感到不安，我可以提供必要數量的部隊。」

雷布拉哈爾德微微地搖頭。

「不是風險的問題。無論是被多麼大的部隊守護，也不能賭上狩獵貴族的名譽，讓偉大的先王去做誘餌這種有損名譽的事。那個作戰在我們海馮利亞無法得到認同。」

保持直立不動的吉恩沒有回話。

大概是意識到繼續交涉已經沒有意義了吧。

在本質上，海馮利亞與伊威澤諾一樣。

取代合理性選擇的事物，只是衝動還是名譽的差別而已。或許是如此，才能夠理解那些傢伙的想法。

「我明白這並不合理。無法得到艾蓮妮西亞的理解也是沒辦法的事情。」

「恕我失禮了，元首雷布拉哈爾德。」

吉恩維持一本正經的表情說：

「假如沒有基基大提督的許可，就無法驅動深淵總軍本隊。可是，我對於自己率領的第一隊有一定程度的裁量權。決戰之時，我可以在海馮利亞附近布陣並進行援護。」

「這樣就相當足夠了，感謝你。」

吉恩後退一步，蓓拉彌深深嘆了口氣。

彷彿在說她對於現在的決定有所不服一般。

「我可不覺得那是在正常的理智下作出的決定喔。倘若以海馮利亞作為狩獵場，確實會比較有利，然而在那裡的人不是只有狩獵貴族吧？無法戰鬥的人民該怎麼辦呢？」

「剛才已經說過，我們做好準備了。我們會讓民眾前往安全的地方避難，並且在災人突破該處之前將其狩獵。我還會向雜貨工房的鐵火人們請求協助，妳應該不介意吧？」

「所以我才反對啊。因為和海馮利亞之間就是那麼約定嘛。如果你們要打仗，我們就不能袖手旁觀了不是嗎？」

大概是在學院同盟之前，兩個世界之間就已經締結協定了吧。

假如拒絕，恐怕在巴迪魯亞的世界自身遭到侵略時，將無法再得到海馮利亞的援護。

「災人就交由我等海馮利亞對付。亞澤農的毀滅獅子也儘量由我方負責承擔。」

「就算試著低頭懇求基基大提督大人，也不會遭天譴吧？」

「我不認為他是會為情所動的人喔。」

唉——蓓拉彌深深地嘆了口氣。

「讓我稍微考慮一下。」

雷布拉哈爾德點頭同意。

「軍師雷科爾，魯澤多福特能撥出戰力嗎？」

「時期是個問題。傀儡皇不能行動。」

「人型學會的人偶部隊呢？」

「視傀儡皇的情況而定。」

「對手是不可侵領海。既然他已經對帕布羅赫塔拉作出敵對宣言，你們完全不出力就是違反條約，你明白吧？」

「不要強人所難啦。」

蓓拉彌語帶勸諫地插話說。

「魯澤多福特才剛失去元首。比起對外事務，光是設法管好自己的世界就已經竭盡全力了。雷科爾也只是作為代理前來，我可不認為他有什麼決定權喔。」

「我明白。希望你向傀儡皇貝茲如此傳話。」

「我會轉達的。」

唔嗯。

我覺得即使只有雷科爾一人能夠動員，戰力應該也相當充足了啊。雖然沒有見識過他的全部實力，他仍然遠比柏靈頓還要強。

還有，他在立場上是軍師。或許他在帕布羅赫塔拉這裡，還沒展現過實力。

抑或者是在刻意隱藏實力嗎？

「那麼，元首阿諾斯。」

雷布拉哈爾德轉向我。

「米里狄亞的魔王學院能夠提供多少戰力呢？」

「如果那傢伙打算毀滅海馮利亞，我會阻止他。」

「那還真是可靠呢。」

「然而，在對話之前就將劍指向對方，不符合我等世界的作風。」

雷布拉哈爾德瞇起眼睛。

蓓拉彌面露愕然的表情。

「事到如今你還在意什麼？」

「災人伊薩克與歐爾多夫的約定。我認為即使對方符合大義，也不足為奇。」

「伊薩克符合大義啊……那種一時興起就要毀滅世界的傢伙，有可能嗎？」
「縱使是再邪惡之人，也不會完全只做邪惡之事。」
「確實是那樣沒錯啦。」
蓓拉彌以意興闌珊的口吻說。
「雷布拉哈爾德，你對那個約定有沒有什麼頭緒？」
那傢伙靜靜地回答：
「元首阿諾斯，我作為獵人給你一個忠告。假如試圖探求野獸叫聲的意義，馬上就會被其利牙給咬住。」
那傢伙堂堂正正地承受住我的視線。
彷彿在說他毫無隱瞞一般。
「你真的那麼認為嗎？」
「我聽起來不像那麼想嗎？」
雷布拉哈爾德絲毫沒有動搖，以與往常一樣的口吻反問。
意思就是他不打算說吧。
「我也可以理解，因為你是亞澤農的毀滅獅子，才會如此偏袒災人喔。」
「咯哈哈。」
我不由得笑出聲。
「你很慎重呢。事到如今，即使你不刻意套話，我也不會否定喔。正如娜嘉所說，我是亞澤農的毀滅獅子。」

「既然如此，你最好小心一點。假如在你的立場作出像是擁護災人一般的發言，聽起來就像在說你是他們的同伴一樣。」

「那還真是耳朵爛掉了吧。」

雷布拉哈爾德一臉嚴肅，可是並沒有再繼續說什麼。

他大概只是想向其他人表示，我「試圖探求伊薩克的真正意圖」的言論沒有任何價值而已。打從一開始，他就沒有想要和我辯論。

「還有三天時間的餘裕。」

我向轉移的固定魔法陣注入魔力。

「我去試探災人，並且建立對話的機會。要是那傢伙打算毀滅海瑪利亞，我會予以保護。即使我按照自己的意思行事，你們也不會有怨言吧？」

我使用轉移離開此處，同時留下這句話：

「要是我弄清真相了，就順便告訴你們吧。」

§ 15 【寄宿精靈】

我轉移至帕布羅赫塔拉宮殿的通道。

純白的視野恢復色彩後，前方站著一名穿著狩獵義塾院制服的男人——巴爾扎隆德。

他向我投來視線，彷彿在對我說：「我等你很久了。」

「……災人說什麼了嗎？」

「他要求在三天之內將歐爾多夫帶到伊威澤諾。」

巴爾扎隆德俯首露出奇妙的表情。

「雷布拉哈爾德好像不打算接受要求。他似乎要以海馮利亞作為狩獵場，引誘那傢伙進入再解決他。」

「……身為狩獵貴族，這是很理所當然的做法，絕不會傾聽野獸所說的話……」

「你的語氣不是很堅定呢。」

我如此指摘後，巴爾扎隆德便瞬間語塞。

「和歐爾多夫與災人的誓約有關嗎？」

巴爾扎隆德的眉頭跳動一下。

「……災人的目的，是他與先王的誓約嗎……？」

我面露微笑表示肯定。

「來猜猜看你的想法吧。」

我邊說邊邁出步伐，從巴爾扎隆德旁邊通過。宛如下定決心一般，他轉身跟在我後面。

「先王歐爾多夫與災人伊薩克締結誓約，那位不可侵領海依約進入長眠。歐爾多夫將災人藏匿在海馮利亞，卻因為依循正道以及先前締結的誓約而無法毀滅災人。」

「……為何你會知道這件事……？」

走在我身旁的巴爾扎隆德睜大雙眼。

「歐爾多夫與災人的誓約應該已由聖王雷布拉哈爾德繼承了才對。儘管如此，為何雷布拉哈爾德只想狩獵災人伊薩克呢？」

巴爾扎隆德咬緊牙關露出苦惱的表情凝視著地面。

「雷布拉哈爾德是不是打算無視歐爾多夫的誓約呢？」

巴爾扎隆德必定是如此猜疑，才會開始行動。

「……不可能有這種事才對……」

那句話就像在說給自己聽一樣。

「知道誓約內容的人，只有先王歐爾多夫與現任聖王而已。兄長和我不同相當聰明，應該有某些想法吧。」

「難道不是你的兄長已經改變了嗎？」

「那是……」

巴爾扎隆德一面思索合適的話語，一面回答：

「……即使如此，他也絕不可能違背與先王……繼承父親夢想的那句話……」

縱使他表面上承認了兄長的變化，存在其根底的信賴大概沒有完全消失。

或許他想要相信雷布拉哈爾德，唯獨他的本質依舊不變。

「然而，還是會感到不安吧？」

「…………」

「你不找雷布拉哈爾德，而是向我詢問災人說了什麼，就是很好的證據。」

就像表示肯定一樣，巴爾扎隆德沉默以對。

「剛好我也想了解一下誓約的內容，要一起去確認嗎？」

「……即使嘗試詢問兄長，他大概也不會鬆口。」

也許是吧。

「直接向本人詢問就好。你有沒有聽說過，歐爾多夫正在哪個區域的釣場巡遊？」

「……自從現任聖王即位以來，我從未和先王見過面……我的職責是在帕布羅赫塔拉進行序列戰與折衝工作，很少回去海馮利亞。」

歐爾多夫也幾乎沒有回來，因此才沒有見面的機會嗎？

「即位也不是最近的事情了。在這個期間，一次也沒有嗎？」

「父親是顧慮到我。我身為伯爵貫徹聖王所任命的職責，假如先王時不時就來見我，會被說是倚仗父親的權勢。」

唔嗯。唉，也不是沒有那種可能吧。

這代表他已經相當多年沒有和父親見面，但是我不太明白海馮利亞的文化。既然巴爾扎隆德不覺得奇怪，應該就沒有什麼不自然的地方吧。

「歐爾多夫的位置，真的連海馮利亞都無法掌握嗎？」

「我們不會做出剝奪已退位先王自由這種事。」

「災人將會前來見歐爾多夫的事情，雷布拉哈爾德也許知情。既然如此，為了保障人身安全，私下保持可以相互聯絡的狀態也並不奇怪。」

巴爾扎隆德露出凝重的表情陷入沉思。

「……假如關於父親的情報暗藏在某人手中，那麼應該是在海馮利亞本國……由五聖爵最高位的加倫澤斯特侯爵所掌握……不對。」

他就像改變主意般抬起頭來。

「可是即使罕見地遇到父親，向其他人透露誓約內容這種事……」

「能夠打聽到詳細的內容自然最好，不過也可以單純向他確認雷布拉哈爾德的作為是否符合誓約。」

而且如今災人已然甦醒，在這種狀況下，或許可以打聽到一定程度的情報。

「……確實……有那個價值……」

「那麼就這麼決定嘍。話說回來，我之前有件事想要問你。雷伊說他聽見靈神人劍傳來聲音——」

巴爾扎隆德大驚失色，回頭看向我。

「是天命靈王迪歐娜忒可嗎——……！」

他的神情如實地表達出，此事非同小可。

「我不清楚詳情。有什麼問題嗎？」

「雷伊在哪裡？」

「現在應該在庭園吧。」

「快點，我想確認靈神人劍的狀況！」

一這麼說完，巴爾扎隆德便立刻蹬地朝庭園飛奔而去。

「……唔嗯。」

我使用「轉移」的魔法。

視野染成純白一片，轉移至帕布羅赫塔拉的庭園。

雷伊的手中握著靈神人劍，靠坐在岩石上。

「我已經跟巴爾扎隆德說明情況了。看來聲音的來源似乎是名叫天命靈王迪歐娜忒可的人物——」

雷伊頭也不回、不發一語地盯著眼前。

我將魔眼看向那裡，但是什麼也沒看到。

不過，那裡恐怕存在什麼。

就像聽見靈神人劍的聲音那時一樣，或許雷伊的魔眼能夠——

「……大概……我覺得這是一名精靈……寄宿在靈神人劍上……」

「雷伊！」

巴爾扎隆德的聲音傳了過來。

他以全速朝庭園奔馳而來，並且拋擲出黃金劍柄。

雷伊用單手接住它。

「把它與劍身連接在一起！要是劍柄與劍刃合而為一，天命靈王也會恢復力量！」

雷伊依照巴爾扎隆德的指示，從伊凡斯瑪那上頭取下臨時劍柄。緊接著彷彿出現共鳴一般，他接上的黃金劍柄上逐漸描繪出魔法陣。

如同磁石相互吸引般往該處插入伊凡斯瑪那的劍身後，極為耀眼的光芒便遍布庭園。

那片光的空間將我、雷伊以及巴爾扎隆德隔離起來。

「……救……助……」

浮現於眼前的，是一名身穿華麗君王裝扮的女性。

口中銜著口枷一般的東西，右手拿著毛筆，左手則拿著短冊狀的細長木板——木簡。

木簡上寫著「救助」，那是剛才天命靈王所說的詞彙。

「向天命靈王迪歐娜忒可祈願！」

巴爾扎隆德向那名精靈說：

「請賜予這把汝寄宿之劍的使用者——他——天命！」

語畢，天命靈王揮動毛筆，在木簡上繼續書寫。

話音響起。照理說被口枷封住嘴的她，發出靜謐的聲音——

「……救助……他……」

那句話是對著持有靈神人劍的雷伊說出的。

他耿直地提問：

「要救助誰呢？」

「…………」

天命靈王揮動毛筆。

可是木簡上並未寫下後續的內容，也沒再聽見聲音。

光芒突然消失，周圍變回原來的庭園。

天命靈王迪歐娜忒可的身影也消失無蹤。

將視線投向雷伊後，他便搖了搖頭。

「……我也看不到了。就連聲音也聽不見……」

「那是因為靈神人劍生銹了。」

巴爾扎隆德說：

「要是聖劍生銹，寄宿的精靈也無法發揮其十全的力量。」

「……生銹？」

雷伊將視線投向靈神人劍的劍身。

劍身被研磨得相當鋒利。別說是生銹，連一丁點卷刃也沒有。

「看起來沒有啊……？」

「劍刃的部分確實如此。可是，靈神人劍的光輝生銹了。原來的聖劍散發出的光芒可不只如此。」

這麼說來，在伊威澤諾的戰鬥中，波邦加也曾經說過它生銹了呢。

「賜予個人與其相符天命的神——天命靈王迪歐娜忒可乃誕生自此傳說的精靈。平時寄宿於靈神人劍的迪歐娜忒可一旦出聲，就表示使用者正處於巨大的命運漩渦之中。」

巴爾扎隆德以認真的口吻向雷伊說明：

「既然與災人伊薩克來訪帕布羅赫塔拉幾乎同時發生……雷伊，這就表示你所背負的命運，可能與整起事件有密切的關聯。」

「……我還以為是靈神人劍在向我求救呢……」

雷伊貌似沒有實感地微笑。

伊威澤諾與海馮利亞之間的紛爭，我們本來應該處於不相干的立場，不過這樣看來，狀況已有些許不同。

「這下看來更有必要聆聽天命靈王的聲音了呢。要怎麼做，才能夠取回靈神人劍原本的光輝呢？」

「伊凡斯瑪那的鍛造者，是雜貨工房的魔女——蓓拉彌．斯坦達多，只能請她重新鑄造聖劍了。倘若是此刻，她應該還在聖上大法庭。」

巴爾扎隆德立即準備飛奔而出——

「不對。」

他聽到我的聲音停下腳步，並且再次轉過頭來。

「蓓拉彌為了準備迎戰，應該會回一趟巴迪魯亞。還是等到那個時候比較好。」

「為何？」

巴爾扎隆德露出疑惑的表情詢問。

「聖王打算迎擊伊威澤諾，我不覺得他會將靈神人劍繼續交由我們保管。」

災淵世界伊威澤諾的戰力為災人伊薩克，其次是娜嘉、波邦加，以及珂絲特莉亞。

儘管不清楚對災人伊薩克能夠發揮多少效果，可以確定的是，他至少會計劃使用靈神人劍當作王牌，以對付亞澤農的毀滅獅子。

他此時正在盤算著從魔王學院回收劍的方法，應該這麼理解才妥當。

「確實如此。」

「魔王學院早一步先前往巴迪魯亞，巴爾扎隆德追隨其後而自第七艾蓮妮西亞出發——要是有這種表面的理由，行動會多少自由一點吧。」

為了準備與伊威澤諾決戰，五聖爵之一的巴爾扎隆德應該會收到某種命令。

假如服從命令，就無法見到歐爾多夫。

雖說如此，要是我一人前往，應該無法取得先王的信任。

因此，在聖王下令之前搶先開始行動。要是有回收靈神人劍這種表面上的理由，巴爾扎隆德也不會在中途被要求折返了。

「關於先王的位置，該怎麼辦？」

「在巴迪魯亞放下雷伊之後，接著前往海馮利亞。現在是需要戰力的情況，倘若是帕布羅赫塔拉學院同盟的成員，應該不會被拒絕入界。」

巴爾扎隆德似乎領會了意思，於是點了點頭。

「我知道了。元首阿諾斯，感謝你的好意。」

我回以微笑並說道：

「走吧。在雷布拉哈爾德採取行動之前離開第七艾蓮妮西亞。」

§16 【鍛冶世界巴迪魯亞】

窗外能夠看見銀水。

魔王列車一面鋪設銀燈的軌道，一面在銀水聖海中奔馳。

前往鍛冶世界的道路上，巴爾扎隆德乘坐的銀水船涅菲斯行駛於前方負責帶路。

『原來如此、原來如此。也就是說，在你們中途停靠巴迪魯亞的期間，你要我事先向聖王取得進入海馮利亞的許可。』

位於第七艾蓮妮西亞的熾死王，聲音經由銀燈的軌道以「意念通訊」的方式傳來。

『嗯，假如要和災人伊薩克打一仗，感覺無論擁有多少戰力都不嫌多啊。唉呀唉呀，可是呢，那個男人也相當可疑，用一般的方法真的行得通嗎？』

他彷彿享受著麻煩事一般，說出煞有其事的措詞。

「只要有進入海馮利亞的藉口即可，具體手段就交給你負責。」

我從司機室的王座上，如此發出命令。

『我不介意負責此事，但是這裡沒有人監督我。結果會怎麼樣呢？』

聽起來帶有愉悅的話音響起，熾死王意味深長的微笑彷彿浮現在眼前。

「沒關係。你就儘量穩妥地完成工作就好。」

『不愧是魔王，還真是豪邁啊。啊啊，另外經過你改良術式後的「深印」，似乎能夠派上用場。』

離開第七艾蓮妮西亞之前，我將改良後的術式傳授給耶魯多梅朵，並指示他進行驗證。

『我讓十名學生進行測試了，其中有三人成功構築魔法陣，一人成功使出魔法。只要再多做一點訓練，似乎就能達到足以投入實戰的程度。』

隨後莎夏面露不解地歪頭思索。

「你說我們的學生能夠使用，但是『深印』是以火露作為觸媒的魔法吧？要是將其改良為無須使用火露的術式，那不就要像阿諾斯那樣，需要龐大的魔力才能做到嗎？」

『咯咯咯，當然，效果不及使用火露的情形喔。「深印」必須使用火露的原因，在於火露的魔力增幅功能，以及屬性變換的用途。』

「屬性變換？是指將魔法的屬性進行變換的意思嗎？」

對於不熟悉的詞彙，莎夏面露疑惑。

「『深印』是潛水屬性的限定秩序。」

米夏淡淡地說明。

「潛水屬性就是說，和『水中活動（K.O.K.O.）』相同？」

米夏點了點頭。

「那是將魔法的深度視為海洋，並讓魔法潛入其中的術式。所以，淺層魔法會深化。」

「正是如此。不過能夠潛到多深，似乎取決於魔法。比如說『灼熱炎黑』的魔法就算使用『深印』也完全沒有變化；然而如果是『火炎』，就能夠變化為深層魔法——大概是這種感覺。」

也就是說，單論使用「深印」的情況，本來屬於上級魔法的「灼熱炎黑」會不及最下級的「火炎」。

能夠深化到何種程度，不同的魔法千差萬別，目前還沒有發現規律。

「嗯～？等一下，跑題了喔。」

艾蓮歐諾露將視線朝向上方，同時豎起食指。

「魔法屬性的變換，是怎麼一回事呢？」

『大家仔細想想，在我們的常識中，即使「深印」是限定秩序，也只是比「水中活動」更上位的魔法而已。可是，換做是其他世界的居民，又會是如何呢？』

經過耶魯多梅朵的說明，她恍然大悟。

「啊——！這樣啊、這樣啊。其他的小世界幾乎不會使用限定秩序的魔法！」

銀城世界巴蘭迪亞是築城屬性，思念世界萊尼埃里翁則是思念屬性的魔法，他們無法使用除此之外的限定秩序魔法。

「但是那樣總覺得有點奇怪呢。儘管我擁有破壞神的秩序，將其抑制也仍然能夠使用限定秩序的潛水屬性魔法耶。不過創造魔法果然還是有點困難啦。」

莎夏如此說。

『那是轉生世界米里狄亞獨有的特性。』

巴爾扎隆德的話音響起。

即使是銀水聖海，只要以魔法線相連，這個距離依舊能夠使用「意念通訊」。

『海馮利亞也存在破壞神，然而無論怎麼抑制力量，仍然會抵消作為海馮利亞限定秩序的祝福屬性魔力，而無法做到行使魔法之類的事情。正因米里狄亞世界是沒有主神的不完整世界，才有那個自由吧。』

『也．就．是．說！為了行使作為限定秩序的「深印」，其他世界的人們不得不使用火露來當作觸媒。可是我等米里狄亞世界的居民，就不會受限於那種秩序的框架。咯咯咯咯，這樣看來還真不知道哪一方才是不完整的世界啊！』

耶魯多梅朵聽起來心情痛快地直言。

「不過有個叫做『第三魔王希斯托尼亞』的傢伙似乎是個例外呢。」

我一面回想災人說過的話，一面這麼說。

「意思是在米里狄亞世界以外的居民中，也有人能夠使用其他世界的限定秩序嗎？」

「即使有也不奇怪。」

沒有主神的世界，不一定只有米里狄亞。

除此之外，或許還有其他方法。

畢竟銀海的魔王們是不可侵領海，在帕布羅赫塔拉也沒有相關情報。

「抑或是，也有可能是那位第三魔王出身自潛水屬性的世界。」

無論如何，那都不是現在要特別在意的事情。

「『深擊』的情況呢？」

「能夠將其運用自如的頂多只有冥王。雖然同樣是潛水屬性，『深擊』不是針對魔法，而是讓打擊或劍擊之類的攻擊達到更深的位置。聽說用法與『武裝強化』相近，但是魔力的消耗太大了。可以聽一下魔王的右臂或勇者的見解嗎？」

原本正在看著靈神人劍的雷伊抬起頭來。

「我姑且嘗試過了喔。如同伊杰司所說，魔力的消耗量非常大，因此很難經常使用。應該最好用在決定勝負的關鍵時機吧。」

『咯咯咯，勇者這麼說喔。魔王的右臂呢？』

對於熾死王的詢問，辛靜靜地開口說：

「我與他的魔力量並沒有特別大的差距，不過能夠使用『深擊』戰鬥的時間應該是他的十倍。」

『原來如此。這樣啊、這樣啊。我早就在想是不是如此了呢。』

耶魯多梅朵或許已經預料到，辛是以什麼方法使用「深擊」了。他開心地自言自語：

『要是那個方法可行，他們說不定能至少使出一次「深擊」吧。』

「那麼，你去尋找與『深印』性質契合的魔法，並且進行戰鬥訓練。假如可以，也讓他們學會『深擊』來當作王牌。」

『一切謹遵偉大魔王的旨意。』

耶魯多梅朵誇張地說著，然後切斷了「意念通訊」。

「那麼接下來，在抵達巴迪魯亞之前，剩下的人也要進行『深印』與『深擊』的澈底訓練。在海馮利亞應該會與災人伊薩克或是五聖爵交戰，每一人都足以擔任我們的對手。」

「即使不夠格，也沒關係啦……」

莎夏發起牢騷，米夏在她身旁微笑。

「既然阿諾斯這麼說，就一定做得到。」

「不過他絕對會超級嚴格吧。」

「放心吧，莎夏。」

我笑容滿面地對感到不安的她說：

「我會懇切、鄭重，並且溫柔地指導妳。」

莎夏變得近乎無表情。

「咯哈哈，感動到說不出話了嗎？」

「是啞口無言啦！」

我不理會莎夏的嚷嚷，馬上開始進行魔法教練。

雖說如此，魔王學院的學生們幾乎都託付給熾死王了。在這邊感覺需要花較多時間指導的，大概只有包含愛蓮等人在內的粉絲社成員吧。

總之，先澈底傳授給悟性感覺很好的米夏與米莎，再由她們傳授給其他人。在那期間，由我親自指導粉絲社成員。

時間轉瞬即逝——

『馬上就要到了。前方就是鍛冶世界巴迪魯亞。』

巴爾扎隆德傳來「意念通訊」。

魔法水晶的「遠隔透視（rimuneto）」放映出巨大的銀泡。以追隨下降中銀水船的形式，魔王列車也逐漸降低高度。

穿越銀燈的燈火進入黑穹。

「固定軌道——結束。脫軌。」

隨著米夏的聲音響起，銀燈的軌道被固定在原地，魔王列車的車輪脫離了道。

我延伸魔法線，並將其預先繫在那條軌道上。

這樣就可以隨時與位於第七艾蓮妮西亞的熾死王進行通訊。

魔王列車繼續下降，隨即能夠看見群星閃耀的夜空與騰騰升起的好幾條煙柱。

地上有許多的鍛冶工房，並且形成都市。從煙囪噴出的煙霧，覆蓋著整個巴迪魯亞。

從遠處傳至耳畔的，是以大槌子敲打魔鋼的聲音。其來自四面八方且不曾間斷，響徹鍛冶世界。

「蓓拉彌回來了嗎？」

巴爾扎隆德提出疑問。

率先離開第七艾蓮妮西亞的是我方，然而沒過多久，耶魯多梅朵即確認到蓓拉彌也啟程前往巴迪魯亞了。

由於我們沒有以全速行駛，即使對方先行抵達也不奇怪。

『取得聯絡了，等一下在雜貨工房見面。那裡距離碼頭有點遠，將船交給其他人，在這裡下船會比較好。』

「雷伊。」

我呼喚雷伊，他隨即來到我的側邊。

「米夏，直到接到聯絡，魔王列車停放好之後就留在原地待命；視野則維持共有狀態。要是出了什麼事，我會趕回來。」

她點了點頭。

「司機室，開啟艙門。」

隨著米夏的聲音響起，司機室的艙門開啟了。

我與雷伊使用「飛行」，從那裡飛向天空。

宛如切開煙霧般持續下降一陣子後，從上方響起話音。

「……喂，潔西雅、安妮妹妹！不可以擅自跟過去喔……！」

回頭看去，潔西雅與安妮斯歐娜正往這裡飛來，而艾蓮歐諾露正拚命地試圖抓住她們。

「……潔西雅……也要去……」

「真想去看看雜貨工房耶！」

「真是的～都被要求看家了吧！喂，回去嘍！」

兩人一面在空中飛行，一面輕盈地閃躲艾蓮歐諾露的手。

唔嗯，沒辦法。

「沒關係。既然如此就一起去吧。」

我這麼說完，潔西雅的表情立即變得明亮起來。

「……得到……許可了……」

潔西雅自豪地挺起胸膛，艾蓮歐諾露看著她，眼神彷彿在想著要怎麼教訓她。

安妮斯歐娜縮小頭上的翅膀，察覺到她似乎要大發雷霆的氣息。

穿過煙霧之後，可以看見巴爾扎隆德自銀水船一躍而下的身影。

「那個就是雜貨工房。」

巴爾扎隆德指著下方。

那是設置著無數根煙囪，外觀像刺蝟一樣的建築物。

「沒有冒煙的位置就是入口。」

沒有冒煙的煙囪有十幾根，每一根都微弱地發著光。

巴爾扎隆德選擇其中一根，從該處進入。

煙囪的內部是如同隧道般的通道。在該處筆直地飛行後，視野突然變得開闊。

抵達的房間，是一間設有鍛冶設備的工房。於靠近房間中央的位置有一把安樂椅，巴迪魯亞的元首蓓拉彌就坐在那裡。

「哎呀。」

見到我們，她不由自主地如此發出聲音。
「還以為你是單獨一人呢，巴爾扎隆德。你什麼時候和米里狄亞變得那麼要好了？」
「我們彼此都沒有多餘的時間，請容我單刀直入地說明來意。」
巴爾扎隆德走到蓓拉彌的前方。
雷伊站在其身旁，亮出手中的聖劍給她看。
「我想請妳重鑄靈神人劍伊凡斯瑪那。」
蓓拉彌嘆了一口氣。
「……若要和伊威澤諾打仗，確實有必要吧……」
她自言自語，然後轉向巴爾扎隆德。
接著她說：
「可是我無法答應那個請求。」

§ 17　【重鑄劍之條件】

巴爾扎隆德說不出話來。
或許是沒有預料到蓓拉彌的答覆，他滿臉狐疑且明顯露出驚訝之情。
「……妳說不能答應是什麼意思？妳剛才應該也提到，若要和伊威澤諾交戰，必須要有靈神人劍。」

巴爾扎隆德如此訴說完，蓓拉彌便嘆了一口氣。

「巴爾扎隆德，重鑄伊凡斯瑪那，是你擅自決定的吧？」

即使被這麼指摘，巴爾扎隆德仍然用力地點頭，彷彿在說他問心無愧一般。

「雖然太急功近利，只要是海馮利亞的狩獵貴族，不論是誰都會如此判斷，不會有任何問題。」

「很遺憾，你們的聖王似乎不那麼想喔。」

巴爾扎隆德的表情顯得越來越疑惑。

「我的想法和你們一樣，戰力越多越好。放任伊凡斯瑪那繼續生銹下去更是毫無道理。」

「他說沒有必要？」

我也找雷布拉哈爾德如此商量了，但是啊……」

「都被要求不要插手了，我可不能擅自重鑄啊。」

蓓拉彌聳了聳肩。

「為何聖王陛下會那麼說？」

「我才想問你呢。身為弟弟的你都不曉得了，我不覺得自己有辦法理解。」

真是想不通呢。

聖劍被認為是海馮利亞的象徵，假如對上宿敵卻不使用，就好像不打算認真戰鬥一樣。

「唉，雷布拉哈爾德也有自己的想法吧。畢竟他不是會無緣無故說出那種話的男人。」

儘管我也有同感，究竟是何種緣故，這點令人在意。

「就是那麼一回事，所以你回去吧。距離伊威澤諾開始行動僅剩三天，所以我正忙得不可開交。」

蓓拉彌就像趕人一樣揮了揮手。

可是巴爾扎隆德站在原地不動，露出下定決心般的表情直言：

「……儘管如此，還是拜託了……！」

一丁點道理也沒有的那句話，讓蓓拉彌一下子愣住了。

「拜託妳，能不能想點辦法呢？」

「即使你要我想點辦法，我又能做什麼？」

「求妳幫忙了！這樣下去會很為難啊！」

唉——蓓拉彌嘆了一口氣。

「我啊，打從你和雷布拉哈爾德還是嬰兒的時候就認識你們了。你們兩人就像我的孫子一樣，只要不是太過離譜的事情，我都會通融。」

蓓拉彌畫出魔法陣使用「意念通訊」。

為了準備與伊威澤諾一戰，她正在給鐵火人們指示吧。

「然而聖王陛下親自要求的事情，我身為元首可不能違反啊。要是做出那種事，會導致巴迪魯亞和海馮利亞的關係出現裂痕，你應該也明白吧？」

「……這個…………」

巴爾扎隆德無法反駁，露出看似深感抱歉的表情。

「和米里狄亞一起來的事情，我會向雷布拉哈爾德保密。你就趕快回去，準備狩獵吧。我期待你的實力。」

大概不管怎麼樣都無法再繼續糾纏下去了吧，巴爾扎隆德後退一步。

「既然如此──」

蓓拉彌將視線投向我。

「蓓拉彌，假如妳並未插手，那又如何呢？」

一瞬間，蓓拉彌露出聽不懂我在說什麼的表情，歪頭思索。

「如果由其他人擅自重鑄伊凡斯瑪那，對海馮利亞也有藉口了。」

「……這個嘛，比起我直接插手，那麼做確實更好。」

「對於巴迪魯亞而言，有最佳狀態的伊凡斯瑪那在場會覺得更可靠。假如幫忙重鑄了，我等魔王學院的戰力也會增強，也相對更能夠有力地從幻獸們手中保護鐵火人喔？」

蓓拉彌從椅背上起身，以手托腮。

「……嗯，這是個不錯的提議。雖然可能會被雷布拉哈爾德埋怨，只要不是我做的，就有辦法讓他接受吧。即使多少會被刁難，也比我可愛的弟子們被幻獸吃掉要好太多了。」

她抬頭看向我，以沙啞的聲音說道：

「前提是還有其他能夠做到那種事的鍛造師。」

「妳不就有一個優秀的後繼者嗎？」

蓓拉彌睜大雙眼。

雷布拉哈爾德和她以前曾經提到過。

「……如果你是指詩露可，那就太高估她了。論技術確實不差，不過她就是沒有幹勁。因為太不聽話，我之前把她逐出師門了。還以為她冷靜下來之後就會回來，結果卻意氣用事，離家出走了。」

蓓拉彌吐出目前為止最深的嘆息。

「……說什麼她都不聽……為什麼要讓那樣的才能荒廢呢？真是個傻孩子啊……」

看似極度疲累的那個表情，確實流露出對於弟子的親愛之情。

「既然這樣剛剛好。如果是被逐出師門的人擅自重鑄伊凡斯瑪那，雷布拉哈爾德的應對態度就無法過於強硬。」

蓓拉彌彷彿在說不可能一般搖了搖頭。

「你也聽到了吧？她說沒人用得了自己鑄造的劍。她變得相當自負，即使你去拜託，也不會拿出幹勁喔。」

「只要狠狠地挫一次她的銳氣，就會拿出幹勁了吧。」

蓓拉彌就像驚呆般說不出話，將身體傾向椅背。

「……雖然雷布拉哈爾德也是如此，你也是個頑固的男人呢。」

「她姓什麼？」

「米勒。詩露可．米勒。也罷，你要試試是無妨，不過我可不知道她現在人在哪裡喔。」

雖然我覺得她應該沒有離開這座城市。」

蓓拉彌畫出收納魔法陣，從中取出一張魔法相片。

啪的一聲，她用手指將其彈過來，我則接住了那張相片。

一個身材矮小的女孩子和蓓拉彌一起入鏡。

頭上戴著相同款式的頭巾與護目鏡，雙手戴著厚實的手套，身上穿著圍裙。耳朵偏長，頭髮呈鋼色。

她就是詩露可吧。在蓓拉彌身旁露出滿臉的笑容。

「她既沒有家人也沒有親屬，無依無靠。要搜索並不容易喔。」

「這是什麼時候的相片？」

「應該超過二十年以上了吧。不過她的外觀沒有太大改變喔。」

「這樣啊。」

我對雷伊和巴爾扎隆德兩人使了個眼色後，調轉腳步。

「等一下。」

回頭看去，蓓拉彌的手上拿著發光的大槌。

她將其拋擲過來。

我則以單手接住。

「白輝槌維澤爾翰，是曾經用來打造靈神人劍的聖槌。要是傻弟子提起幹勁了，就轉交給她吧。」

手中的白輝槌散發出耀眼的光輝。

即使不窺探其深淵，也能夠察覺到隱藏在其中的不尋常魔力。

恐怕在鍛冶世界中也是獨一無二的。

「可以嗎？」

「就當作是你擅自拿走的吧。」

蓓拉彌輕輕地揮了揮手，然後轉身離開。

她準備逕直前往最深處的房間，卻被小小的手給拉住長褲而停下腳步。

是潔西雅。

「……奶奶……潔西雅也……想拜託……！」

「喂、喂！潔西雅，這位老婆婆是鍛冶世界的元首，所以是一位大人物喔。不可以叫她『奶奶』喔！」

艾蓮歐諾露慌忙地跑過去。

「那種小事沒關係啦。小妹妹，妳想拜託我什麼事呢？」

或許因為對方是小孩子，蓓拉彌眼神略帶笑意地詢問。潔西雅隨即從魔法陣中拔出光之聖劍焉哈雷。

「潔西雅的……聖劍……很弱……可以、變強嗎……？」

潔西雅再次從魔法陣中取出小災龜的龜殼，並從懷中取出紅色的稻草人偶。

「……有……材料……」

「潔西雅，妳說的這個材料，是柏靈頓喔！」

艾蓮歐諾露驚訝得大喊。她一面責備潔西雅，一面深感抱歉似的向蓓拉彌低下頭。

隨後她咧嘴一笑。

「要是妳們願意保護我的弟子們，要我做些什麼東西給妳們也可以啦。」

「……潔西雅……會保護……！」

「哎呀哎呀，沒有取得元首的許可也沒關係嗎？」

「魔王學院……學生的自主性……為最優先……」

艾蓮歐諾露露出不知所措的表情看向我。

「這裡就交給妳負責。」

我將白輝槌維澤爾翰收納進魔法陣後，便與雷伊和巴爾扎隆德一起使用「飛行」起飛。

在煙囪內部前進的同時，我經由魔法線將視野轉移至米夏等人的魔眼。

地點似乎在城市郊區的某個山丘上。米夏等人站在停放好的魔王列車前，觀賞著騰騰升起煙霧的巴迪魯亞街景。

我利用「意念通訊」傳送魔法相片的影像。

『正如妳們所聽到的，去尋找叫做詩露可．米勒的鍛造師。』

「明白了。」

米夏才回答完，原本處於停泊狀態的銀水船便起飛了。或許是遵從巴爾扎隆德的指示，他的部下們也即將去尋找詩露可。

「呃──只要拜託那位叫做詩露可的女孩子，請她幫忙重鑄伊凡斯瑪那就好了吧？」

莎夏提出確認後，米莎便接著說：

「是的。情報指出她很有可能在那座城市，我們分頭搜索吧。」

米莎展露出真體飛上半空中。

米夏往北，莎夏往南，粉絲社與亞露卡娜往西，米莎往東，眾人各自飛翔而去。

我與她們共有魔眼，前去尋找詩露可・米勒。

雖說如此，城市非常廣闊。要是待在家裡，要找人會很困難。既然被稱作是蓓拉彌的後繼者，應該有些名氣才對，四處打聽的做法應該會比較順利。倘若存在情報商之類的人會更好，要向巴爾扎隆德確認看看嗎？

『主君。』

是來自辛的「意念通訊」。

由於不能無人看守魔王列車，他才會留在那裡。

我用魔眼（眼睛）看向該處，此時他正從司機室前往貨物室。

「有賊人入侵，請問是否斬殺？」

『先尋問身分。如果是竊賊之輩，嚇唬一下就可以了。』

辛在門前停下腳步。

「遵命。」

他靜靜地打開貨物室的門後，隨即能夠聽見咀嚼東西的聲音。

黑暗中，一名鐵火人正咬著作為食材的火腿。他似乎沒有注意到辛。

辛沒有多言，刺穿了那條火腿。

「哇啊啊啊……！」

「潛入主君列車的竊賊，本來應該罪該萬死。」

辛用鐵劍抵住鐵火人的咽喉。

竊賊是一名戴著大帽子的少年。

「報上名來。」

「……啊……那、那個……」

少年就像感到畏懼般蜷縮著身體。

「……我、我會說出名字，能不能先挪開這把劍……？」

辛準備收回劍的那個瞬間，他迅速地用指尖敲打劍身的平面。

鏗鏘一聲，鐵劍脆弱地粉碎了。

「用那麼鈍的劍可不行喔。抱歉啦！」

少年腳蹬地面、牆壁和天花板，在室內自由自在地跳來跳去，將食材攬入手中。

然後，他頭也不回地朝門外飛奔出去。

「再會啦～大哥哥，謝謝你的食物，掰——」

正準備揮手的竊賊回頭看向魔王列車，倏然停下腳步。

辛早已不在那裡，正在用流崩劍阿特科阿斯塔抵著少年的脖子。

冷汗從他的臉頰滑落。
「只要說出名字與目的，就饒你一命。」
「……知、知道了啦……」
少年這次好像真的死心了，筋疲力盡地說：
「我叫吉爾．佛恩。目的是……那個……肚子餓了……」

§ 18 【線索】

聽著少年的名字，辛瞪視他稚氣未脫的臉。
然後用劍尖挑落他的帽子。
「哇！等一下，你做什麼啦！」
長耳和茶色的頭髮露了出來。
「失禮了。因為必須記住竊賊的長相。」
辛如此說著，然後用魔劍將帽子輕巧地拋向空中，使出劍斬將灰塵撣落。
落下的帽子戴在他的頭上。
吉爾用雙手將其往下拉，並且遮住眼睛。
「……假如是我的劍，明明就能砍斷那樣的鈍劍……」

「只要沒有使用者，任何名劍都會比鈍劍來得更弱。我不認為自己會輸給不隨身攜帶劍的人。」

辛如此澈底否定。他看似不甘心地垂下目光。

「……我又不是劍士……」

「我想也是。如果你是，應該就不會偷東西了。」

吉爾面露尷尬的表情，蜷縮起身體。

「你的父母呢？」

「他們早就不在了。」

「沒有親屬嗎？」

彷彿不知道該如何回答一般，吉爾閉上嘴別過臉。

「……知道那種事又能怎麼樣？」

「找人把你領回去。對竊賊放任不管，會對這座城市的居民們造成困擾吧？」

辛嚴厲地說。

他大概打算嚴懲企圖偷走主君所有物的鼠輩吧。

「……親屬之類的，全都沒有……因為我是孤兒……」

吉爾小聲咕噥。

不過有點可疑。他看起來不像在說實話。

「那麼給你兩個選項吧。現在立刻說出家名，或是舉著罪狀遊街。」

「不要！只有那個絕對不要！我不想再給家裡添麻煩——」

銳利的視線刺向少年的臉。吉爾的表情彷彿在訴說：「糟了！」

「啊，那個……」

「實在不應該偷竊呢。」

「只、只要是其他事情，我什麼都能做，所以……」

儘管吉爾對於辛的冷淡視線心生畏懼，仍然勉強出聲。

「你能做什麼？」

「…………」

少年沉默下來，同時陷入沉思。

「……魔、魔劍的話，我這裡有……我覺得比那把劍還要更能夠幫上你的忙……啊，不是偷來的東西喔！」

「現在不需要。」

辛斬釘截鐵地斷言，於是吉爾再度陷入沉默。

他持續俯首陷入沉思，可是似乎想不到什麼好提案。

「我沒有時間再搭理你。要是什麼事都做不到——」

「……大哥哥……在找詩露可．米勒……對吧？」

辛瞬間一臉不解地看著吉爾。

「你為何知道此事？」

「因為你們剛才提到過吧？鐵火人的耳朵可是很靈的喔。」

是聽到米夏等人的對話了嗎？

據說巴迪魯亞的鐵火人僅憑響徹全國的大槌聲，就能夠掌握現在的位置。即使他能夠聽到她們的對話，也不奇怪。

「你認識她嗎？」

辛馬上提出質問。

「儘管現在……不知道所在地……線索的話……」

「所謂的線索是指什麼？」

「要是告訴你，你願意放過我偷食物的事情嗎？」

「假如經確認是可靠的情報。」

辛將魔劍收回魔法陣裡，改為取出布袋。之後他向米夏送出「意念通訊」。

「說不定能夠掌握到詩露可．米勒的線索。魔王列車會變得無人留守，沒問題嗎？」

『沒問題。先上鎖，我們會立刻返回。』

喀當一聲，魔王列車的車門自動關閉，並且上鎖了。

這是米夏在遠距離進行魔法操作。

辛將掉落在地上的食物撿起，而且放入布袋之中。

「送給你。」

吉爾看著遞來的食物，一臉疑惑地詢問：

「……為什麼？」

「你出於某些事由無法回家吧？主君不會做出拋棄飢餓之人一般的行為。」

「…………這樣的話，讓我偷也沒關係吧…………」

吉爾噘起嘴巴小聲地抱怨。

「那就另當別論了。因為必須確保人們知曉，對主君所有物下手的鼠輩會有何下場。」

對於散發出危險殺氣的辛，吉爾低語：「……真是麻煩的傢伙……」

「怎麼了嗎？」

「沒、沒有，沒什麼！」

少年慌張地用力搖頭。

「那、那麼，可以跟著我嗎？」

「請不要做出輕率的舉動。倘若你試圖欺騙——」

辛的眼神變得更加銳利。

「知、知道啦！」

吉爾如此說著，然後邁出步伐。

辛緊跟其後。

「『轉移』呢？」

「今天煙霧很重，所以沒辦法用。」

充斥著巴迪魯亞的煙霧劇烈地擾亂著魔力場。使用「轉移」前往目的地會花費大量的時間，因此用走的應該會比較快。

「用跑的也沒關係嗎？」

「請便。」

躂、躂、躂——吉爾以彈跳般的步伐開始奔跑。辛緊貼其後追趕。

不久之後，兩人進入到森林裡。穿過鬱鬱蔥蔥的樹木群後，仍然繼續前進。跑在前方的少年一面亮出布袋，一面回頭。

「我可以吃這個嗎？肚子餓了。」

「請自便。」

吉爾從袋子裡一取出火腿，便大口地咬下去。或許是太餓了，他轉眼間就吃完，接著大口咬著麵包。

「話說回來，大哥哥不是巴迪魯亞的人吧？」

「沒錯。」

「你從哪裡來的呢？」

「轉生世界米里狄亞。」

「……米里狄亞？哦～……」

吉爾露出沒有聽過的表情。

我們不久前才剛加入聖上六學院。假如與帕布羅赫塔拉沒有關聯，他不知道也情有可原。

「你為什麼在找詩露可呢？果然是受到雜貨工房委託嗎？」

「為何是雜貨工房呢？」

「魔女師父把詩露可逐出師門了吧？原本只是打算教訓她一下而已，她卻離家出走了，這在鍛造師之間可是出了名的事。魔女師父低頭除了關係到雜貨工房的面子，也沒辦法在其餘弟子間樹立威信，所以我才猜測會不會是委託其他世界的人進行搜索了。」

「魔女蓓拉彌希望詩露可回去嗎？」

辛提出疑問。

「希望回去什麼的，我覺得她應該不是那麼高尚的人吧。」

「那麼不就會放著不管了嗎？」

「妳在做什麼蠢事——我覺得應該會這樣怒罵才對。逐出師門的弟子就這麼直接離開，應該臉都丟光了吧。」

辛突然思考了一下。

「是這樣嗎？」

「……呃——難道不是嗎？」

「沒錯。我們只是想要向詩露可・米勒委託工作而已。」

吉爾愣了一下。

「工作是指？」

「有一把希望她能幫忙重鑄的劍。」

「……………………這樣啊。」

「怎麼了嗎？」

「沒、沒有，沒什麼！」

過了一陣子，前方可以看見洞窟。

煙囪從粗糙的岩壁上方伸出。

大概是利用魔法構築而成，煙囪貌似已經與洞窟合為一體。

「就在這裡喔。」

辛跟在吉爾身後進入洞窟。

少年注入魔力，點亮掛在內部壁面上的燈。

除了現在行走的路以外，還能看見數個坑道。另外還有數個地方殘留著像是挖掘壁面一樣的痕跡。

「這是礦山嗎？」

「姑且是。雖然只有我在使用。」

往更深處前進後，來到了有生活氣息的地方。

裡頭擺設著桌子、椅子與餐具。更在其對面陳列著大槌和鐵砧等鍛冶道具，同時還有巨大的魔法爐。

在距離工作場所有點遠的位置，鄭重地裝飾著數把劍、長槍、斧頭和弓等武器。

辛走上前，彷彿受到吸引一般向一把魔劍伸出手。

「不行——！」

吉爾大驚失色，衝向辛並抓住他的手臂。

「……失禮了。」

「啊，沒關係。」

少年鬆了一口氣且放心下來。

「不要碰這裡的武器。」

「可以請教理由嗎？」

吉爾緊咬下脣。

他以隨時都會消失一般的微弱聲音說：

「…………因為是失敗品…………只是將其拔出劍鞘，就有人死掉了……」

辛瞪視眼前的魔劍，窺探其深淵。

「是你製作的嗎？」

「……對。我技術太差了……」

吉爾說著，同時站到一把魔劍前方。

那把劍在外觀設計上呈現出翅膀的意象。

沒有劍鞘，處於拔劍狀態。他將那把劍拿在手上。

「這把『翼迅劍菲力西亞』便是來到這裡的目的。這是詩露可．米勒所鍛造出來的劍，劍鞘應該在她身上。在巴迪魯亞，劍與劍鞘會相互吸引，所以我覺得只要有這個，就能夠找到詩露可。」

吉爾交出翼迅劍菲力西亞。

辛瞥了一眼那把劍，接著看向少年的臉。

他說道：

「我不認為這是詩露可製作的魔劍。」

「…………咦……可是真的是──」

「聽說詩露可．米勒的技術十分高超。在鍛冶方面能夠勝過她的，應該只有雜貨工房的魔女蓓拉彌一人而已。然而那把翼迅劍菲力西亞卻比放置在這裡的任何一把魔劍都還要來得劣質。」

辛的銳利視線貫穿吉爾。

「而這些魔劍，是由自稱技術太差的你所製作。」

聽聞那句話，少年倒吸了一口氣。

「究竟是怎麼一回事呢？」

§19 【鍛造師的驕傲】

吉爾尷尬地別過視線。

「……我沒說謊……那把魔劍確實是詩露可．米勒的作品……」

「那麼，你的意思是自己的技術更加優越嗎？」

吉爾不知道該如何回答。

「……大哥哥不知道詩露可鍛造出來的，是什麼樣的劍吧？」

辛點了點頭。

「我只知道她是一名技術很好的鍛造師。」

「和我完全不同喔。」

他一面思索著合適的話語一面說：

「我的劍只是虛有其表……看上去劍刃鋒利、強韌，而且內藏龐大的魔力，這樣的劍卻什麼也砍不了。」

吉爾凝視擺放在洞窟工房中的數把魔劍。

「……這些全部都不是劍……只是裝飾品罷了……」

吉爾自嘲般的說道。

「但是我並不這麼認為喔？」

「……該從哪裡開始說起，才能讓你相信我啊……」

他顯得為難地仰面朝上。

「我啊，也曾經是雜貨工房的工匠，而且是魔女蓓拉彌的弟子……雖是這麼說，巴迪魯亞的鍛造師大多都是如此……」

「現在呢？」

吉爾面露寂寞的表情垂下目光。

「不做了。我沒有才能。」

他輕快地轉過身來。

「我們鐵火人的耳朵很靈，熟練的鍛造師甚至能夠聽見自己鍛造的劍的聲音。可是我打造了幾百年的劍，卻一次都沒有聽過那個聲音。」

「所以才說沒有才能？」

吉爾點點頭。

「……我從未想過要造劍，就只是傾聽魔鋼與火焰的聲音而已。他們會向我訴說——想要被這麼鍛造，想要這樣出生。而我純粹只是按照這些內容揮動槌子。」

他走上前去，伸手觸碰放置著的金屬塊與魔鋼。

「可是一旦完工成為劍，原本聽得見的聲音就會消失。」

他的聲音帶有悲傷，如同滴水般小聲地脫口而出。

「我一直都覺得應該是哪裡出錯了，想著要是我可以更加精進，就能夠打造出更加像樣的劍……」

吉爾一時說不出話來，咬緊下脣。

「……但是到了最後，也一次都沒有製造出來。」

「鐵火人連素材的聲音都聽得見嗎？」

「……那個好像只有我而已……魔女師父也說她聽不見什麼魔鋼的聲音……」

他自嘲地笑道。

「所以，我被這麼問了——你是否曾經試過，基於自己的意志打造劍呢？確實，我以前只會聽從魔鋼的聲音而已。」

壓抑感情的話音在工房內響起。

「我打造出來的劍只會侵蝕使用者。燃燒、灼傷、凍結、腐爛……因劍而異有各種不同的效果，可是只是拿到手上，後果就會很嚴重。聖劍也好，魔劍也罷，全部都是如此。只要揮劍，使用者就會自滅……」

吉爾垂下目光同時說：

「我被要求，應該要打造出能夠使用的劍，應該要由我去配合使用者。還說劍只不過是道具，任何人都無法使用的道具就只是裝飾品而已。更何況是揮動就可能會自滅的那種劍，根本不會有人想要使用。」

他抿住嘴脣。

沉重且緊張的氣氛持續了一陣子。

「然而我做不到……」

「為何？」

「……我沒辦法無視聲音。」

吉爾的長耳抽動了一下，傾聽著聲音。

「魔鋼的聲音、火焰的聲音、空氣的聲音，各種聲音不絕於耳。那對我而言，聽起來就像是剛誕生的生命之聲……覺得一定要好好地生下那些孩子……」

吉爾握緊拳頭。

其力道之強，足以使指甲陷入皮膚。

「劍並不是依我的意思製作而成。純粹是透過我的技術，將本來應該存在的生命形塑出來，僅此而已……所以……」

「所以你就離開雜貨工房了？」

吉爾微微點頭表示肯定。

「……我明白魔女師父說的話……以劍來說，那一定才正確……我也嘗試過了……」

吉爾一時說不出話來。

他以就要哭出來一般的聲音，傾吐出自己心中的想法。

「……可是無論如何都做不好……扭曲本來應該存在的生命，這種事我無法忍受……」

吉爾表情扭曲且咬緊牙關。

他無法在理想與現實中找到妥協點，才會痛苦地掙扎著吧。

「我不認為你做錯了什麼。」

辛直率地述說：

「你用你自己的做法使其登峰造極，有何不可呢？」

吉爾睜大雙眼，顯得十分驚訝。

然後，他露出一絲微笑。

「謝謝你。不過不用顧慮我也沒關係。本來應該存在的生命……說是這麼說，到頭來我一次都沒有聽過他們完成後的聲音。」

吉爾走到裝飾著的魔劍前方，觸碰那把劍的劍柄。

火焰外溢而出，燒灼他的指尖。

然而他一點也不在意，而且並未放開劍柄。

「……結果已經分曉，我的做法是錯的。我顯然明白那個道理，卻無論如何都無法肯定其他做法……那就是我的私心……」

吉爾觸碰劍刃，彷彿抱住劍身一般，將身體湊到魔劍旁邊。

「或許就是因為有私心，我的劍才不被任何人需要。還真是可憐了劍啊。」

名為鐵火人的存在，就是如此深刻地在劍上投注親愛之情吧。

還是說吉爾比較特別呢？

他彷彿在向自己的孩子懺悔般，淚水奪眶而出。

「……和我不同，詩露可・米勒的魔劍確實地完工了……」

吉爾放開火焰魔劍，將詩露可・米勒製作的翼迅劍菲力西亞握在手中。

雖然示範性地揮動那把劍，那把劍卻並未像吉爾的魔劍一樣對使用者展露敵意。

「是一把能夠為人所用的好劍……」

「真是如此嗎？」

「咦……？」

「我感覺自己能夠看見那把劍的悲嘆。」

辛不顧面露困惑表情的吉爾悠然地走上前去，站到他剛才拿著的魔劍前方。

「——屍焰劍迦拉丘多斯。」

辛窺探深淵，看穿了它的劍銘。

「你知道這把劍究竟在尋求什麼嗎？」

吉爾稍作思考，而且搖了搖頭。

「……不知道。因為我聽不見劍的聲音……」

他目不轉睛地凝視辛。

「大哥哥聽得見嗎？」

「不。可是只有一件事很清楚。」

辛伸出手，抓握住屍焰劍迦拉丘多斯。火焰突然溢出，開始灼燒他的指尖。

「劍有尋求主人的本質。他們無論經過多少歲月，大概都會持續等待有資格揮動自己的使用者。」

辛將手放到屍焰劍的劍鞘上。

轉瞬間，火焰延燒至全身。吉爾大驚失色。

「不行！趕快放開！那個劍鞘是用來抑制魔劍力量的東西！僅憑大哥哥的魔力，會連同根源一起被燃燒殆盡！」

「吉爾。」

儘管全身被火焰燒得焦黑，辛仍舊緊握著劍鞘與劍柄，完全沒有動搖。

看著那一幕，少年倒吸一口氣。

只要是精通劍理之人，任誰都會被奪去目光吧。彷彿劍與人合為一體般的美麗姿勢。

「你投注在劍上的愛是如此地深刻，我第一次遇到像你這樣的鍛造師。為了向那份愛與熱情，以及日復一日的鑽研表示敬意，就由我來告訴你吧。」

「知道了啦！你趕快放手！劍還沒出鞘，還來得及！」

辛並未聽從吉爾的話，靜靜地閉上眼睛。

全神貫注於那把魔劍——屍焰劍迦拉丘多斯。

大概是意識到用言語已經無法阻止，吉爾就像被彈射一般衝上前去，然後將翼迅劍菲力西亞舉至上段。

魔力捲起漩渦，他的身體一瞬間輕輕地浮起。

「——對不起！」

翼迅劍菲力西亞以快到看不清的速度逼近。目標是辛的右手。他大概打算彈飛屍焰劍。

當那把劍刃即將傷到辛的手背的那個瞬間。

紅色的劍閃劈開空間。

吉爾瞪大雙眼、啞口無言，而且目不轉睛地盯著那幅景象。

少年揮動的翼迅劍菲力西亞，根本被漂亮地切斷了。位於眼前的，是劍刃出鞘的屍焰劍迦拉丘多斯。

那把魔劍只要拔劍出鞘，就會將使用者的根源燃燒殆盡。辛看穿了外溢而出、燃燒自身的必滅火焰，稍微避開了要害。他差點毀滅的根源超越了毀滅，然後同時揮動屍焰劍。

宛如承認駕馭自己的魔族為主人一般，迦拉丘多斯的火焰突然消失。

「……騙人…………的吧…………」

吉爾露出難以置信的神情，凝視著辛手中的屍焰劍。

臉上還帶著驚訝以外的感情。

「明白了嗎？」

嚓——辛將迦拉丘多斯刺進地面。

「你鍛造出的魔劍，勝過詩露可．米勒的魔劍。你一路走來的道路一點也沒錯，單純只是沒有相符的使用者而已。」

吉爾再次愕然地凝視辛。

凝視著那一位將自己的劍——照理說任何人都無法使用的劍——輕鬆駕馭的劍士。

「吉爾。」

辛說道：

「我有一事相求於你。能否請你重鑄一把劍呢？」

「……委託對象不是詩露可．米勒嗎……？」

吉爾倒吸一口氣詢問。

「你大概才是合適的人選。翼迅劍菲力西亞並沒有靈魂傾注其中。」

辛如此說完，他便流下一滴眼淚。

他的表情就像在地獄深處持續掙扎之人，終於得到了救濟。

§ 20 【相劍】

吉爾以衣服的袖子抹去眼淚。

「……謝謝你……還有——」

他的帽子上出現魔法陣。

帽子飄浮起來，從上方往吉爾的身體方向傾注光芒。

那大概是魔法具吧。

他的頭髮由茶色轉變為鋼色。

少年的體型逐漸變為帶有曲線的少女體型。

變成似曾相似的外貌——

「對不起，我說謊了。我……我（註：原文前者的「我」為男性第一人稱用法的ぼく，後者的「我」為女性第一人稱用法的あたし）不是吉爾，詩露可才是我真正的名字……」

她筆直地凝視辛。

「詩露可．米勒。」

那名少女確實與相片中的詩露可．米勒長得一模一樣。

「妳為何要變成少年的外貌？」

「……奶奶……魔女師父會派人，試圖要把我帶回去……由於已經將我逐出師門，她無法委託雜貨工房的工匠，而是會僱用外部人士。因此，我刻意讓自己不會被發現……」

就像以前的辛一樣，只要改變姿態，外部人士就很難看穿。

即使嘗試窺探深淵，倘若是從未見過的根源，就沒有意義。

「妳以為我也受僱於蓓拉彌嗎？」

詩露可點了點頭。

「……因為菲力西亞的劍鞘被放置在遙遠的森林裡……我原本想趁你搜索那裡的時候，逃到別的地方去……」

「那麼，剛才說過的話呢？」

「……那些不是謊言……全部都是有關我的事……」

她的口才大概並不怎麼好吧。

一時之間編不出謊話，幾乎都將事實說出口。

是覺得辛對於詩露可的認識不深，因此可以蒙混過去嗎？

當然，只要事後取得關於詩露可的情報，一切都會穿幫，但是她一定打算在那之前就先消聲匿跡。

或許是對於試圖欺騙這點感到愧疚，她略微低頭地凝視辛，並且戰戰兢兢地開口說：

「那個，可以再……聽我說一下嗎…………？」

與顫抖的口吻相反，她的眼神顯得很堅定，彷彿要傾訴什麼一般。

「好。」

「……謝謝……」

詩露可向前走，並且慢慢地蹲下。視線的前方，是被折斷的翼迅劍劍尖。

「……剛開始……」

詩露可悲傷地凝視被折斷的劍身，斷斷續續地呢喃：

「……剛開始，我認為問題出在無法將我的劍運用自如的那些傢伙身上……我鍛造出的劍是最好的……就連魔女師父都不會輸……」

她露出自嘲般的表情，以指尖觸碰劍。

「可是無論鍛造出多好的劍、得到多少讚賞，我也知道無法得到大家的認同。沒有使用者的劍，即使被說成是多麼好的名劍……實際也連一張紙都無法斬斷……」

她淡淡的話語中，流露出不甘心的情感。

「……所以我才開始尋找能夠使用我的劍的劍士。我號召之後，有許多世界的人來訪。其中包括有名的劍豪、魔力比大哥哥還要更強的人，以及某處的元首。」

她帶著陰沉的表情淡然地說：

「可是能夠正常揮動我的劍的人，一個也沒有……」

假如擁有足以掌握魔劍與聖劍的強大魔力，或許能夠強行壓制。然而那種作法即使能夠一次性地用完即丟，也無法持續運用。

倘若想要發揮出劍的真正價值，那就更困難了吧。

「……魔女師父馬上就制止我了喔。她說直到給出許可，都不可以讓人拿我的劍……」

要是一個不注意，使用者就會毀滅。那或許是為了不讓惡名擴散而作出的處置吧。

「我曾想，不要再管什麼劍士了……我很清楚自己的劍的價值……只要能夠鍛造出優秀的劍就好……可是……」

詩露可抬起頭，看向裝飾在工房中的劍。

「……那些沉默不語的劍，感覺就像在對我提出無聲的抗議一樣……埋怨我為什麼不使用他們……」

此時詩露可垂下頭。

彷彿在向那些劍低頭道歉一般。

「……我開始覺得自己是不是太自私……誰都無法使用的這些劍，到底是為何而生呢？一旦這麼想……就會覺得劍很可憐……我變得沒辦法鍛造劍了……」

所以蓓拉彌才會以為她沒有幹勁嗎？

「……我被師父斥責了喔……她說在這片銀水聖海當中，使用者是獨一無二的，而巴迪魯亞的鐵火人，正是為了幫不知何時才出現的劍士鍛造一把劍而存在……」

「妳無法接受嗎？」

「因為——」

詩露可噘起嘴巴，露出不滿的情緒。

「……奶奶一直碎碎唸，說什麼劍是道具，要是予以同情，遲早會吃到苦頭……那個老太婆……！有必要說成那樣嗎？」

「確實有一番道理呢。」

對於辛的發言，詩露可睜大雙眼。

「身為鍛造師，一般都會很愛惜劍吧？」

「妳具有可能會為了保護劍而送命的危險性。」

被辛率直地說，她一瞬間不知道該如何回答。

「……我覺得不會……做到那種程度……大概吧……」

詩露可用微弱的聲音補充最後三個字。

「因為被師父訓了一頓，妳才會離開雜貨工房嗎？」

「那個該怎麼說，就你一言我一語，最後就——」

辛透過視線表達疑問。

「她跟我說：『既然覺得劍那麼可憐，偶爾試著打造出能夠正常使用的東西不就得了？』我被這麼說，於是就回嘴說：『那我就鍛造出來給妳看——』」

詩露可再次將視線投向被折斷的翼迅劍。

「我鍛造了這把劍。這不是一把任何人都無法使用的劍，而是能夠正常使用的劍。我第一次反抗魔鋼與火焰所傳達的聲音。」

詩露可溫柔地撫摸被折斷的劍尖說：

「我成功鍛造出不會侵蝕使用者的聖劍了喔……師父也說比以前還要更好一點點。之後又說『應該要以能夠使用為前提進行鍛造』、『應該要由妳來配合使用者』……」

她大概想讓不鍛造劍的詩露可，無論如何都鍛造一把出來吧。

為了教導才華洋溢卻不成熟的她，蓓拉彌看起來煞費苦心。因為她缺乏經驗、唯獨技術突出，兩者之間並不均衡。

「同伴們也說我終於進步了……這才是正確答案……但是……」

她的手不停顫抖，眼角泛著淚光。

「……無論如何……」

詩露可用衣服的袖子抹去眼淚。

「……無論如何……」

儘管一抹再抹，那止不住的淚珠依然奪眶而出。

「……無論如何，我……我都……不認為這是一把好劍……完全不認為……只是、只是覺得好可憐，不得已才……」

做出使用者能夠使用的劍——對於鍛造師而言，這不是特殊或錯誤的做法，反而應該是自然的事情。

然而對詩露可而言，那是將本來應該存在的生命給扭曲，絕對不能犯下的一種罪行。

「……如果說那就是鍛造師的工作，我覺得自己做不來……所以，我不再從事鍛造，結果被逐出師門了……」

她輕咬下唇。

「……不過，至少有一件事被師父說中了……」

詩露可將視線投向辛以及他手中的屍焰劍迦拉丘多斯。

「……總有一天，在這廣闊大海的某處，會遇見能夠使用我的劍的劍士……當時我心想不可能會有那樣的人而沒有放在心上，可是……」

她將被折斷的翼迅劍放入魔法陣並收納好之後，便站了起來。

「大哥哥，你叫什麼名字？」

「辛．雷谷利亞。」

「那麼，辛──」

儘管眼睛遭到淚水打溼而泛紅，卻蘊含著堅強的意志。

「你說希望由我來重鑄一把劍吧？」

辛點點頭。

「……那麼，求求你。無論是什麼樣的劍，我都會依你的要求進行重鑄。所以作為交換，請你成為我的相劍……！」

詩露可深深地低下頭。

「所謂的『相劍』是什麼？」

「……啊，對喔。」

她慌慌張張地開始說明：

「『相劍』是巴迪魯亞的用語，意思是『鍛造師的專屬劍士』……由此人來試用鍛造師鍛造出來的武器、報告有待改良的部分，並且能夠在一種比較劍的品質、叫做『競劍』的鍛冶大會以劍士的名義進行註冊……？」

詩露可窺探辛的反應。

「我有應當效忠的主君。」

「……嗯……」

「只要不違背主君的命令，我願意作為妳的相劍而戰。」

「可以嗎？」

她先是感到驚訝，隨後臉上綻放出喜色。

「是的。這把屍焰劍是優秀的魔劍。倘若是妳製作的劍，應該值得我託付性命。」

詩露可似乎極其感動，迅速地靠上前去。

「那、那麼，要打造什麼樣的劍呢？目前需要幾把呢？」

「我想想。要各種類型的魔劍，可以的話——數量大概一千把左右。」

「一千把？」

詩露可似乎嚇了一跳，放聲大叫道：

「你願意為我使用那麼多把嗎！」

露出喜不自禁的神色。

「……等我一下，我馬上開始喔……！」

詩露可在腳下畫出魔法陣，衣服便發生變化。她身前掛著圍裙，雙臂穿戴著手套，頭部戴上護目鏡。

「不。」

打算立刻開始作業的詩露可倏然停下腳步。

「請以重鑄作業為優先。」

「……啊，對喔，抱歉。那把劍現在在你身上嗎？」

「不在我的手邊，但是差不多──」

腳步聲響起。

「似乎剛好抵達了。」

辛回頭望去，我、雷伊和巴爾扎隆德的身影出現在他的視野中。詩露可的視線被雷伊手中的聖劍所吸引。

她目不轉睛地用魔眼凝視，隨後豎起長耳傾聽。

「…………那個……難道是……？」

「靈神人劍伊凡斯瑪那。」

辛這麼說完，雷伊便交出那把劍。

「希望能將其恢復至能夠聽見天命靈王迪歐娜忒可的聲音。妳辦得到嗎？」

詩露可畫出魔法陣，並且將靈神人劍放在上頭。

她面露認真的神情窺探劍的深淵。

然後說道：

「……首先，至少在這裡做不到喔……」

§ 21　【託付之物】

雷伊轉頭環顧洞窟的工房。

「這裡的設備看起來已經相當齊全了，還要什麼樣的工房才可以呢？」

詩露可搖了搖頭。

「只要有我的工房就什麼樣的劍都鍛造得出來，問題在於秩序。靈神人劍伊凡斯瑪那只能夠在聖劍世界海馮利亞打造才可以。」

「是限定秩序嗎？」

對於我的發言，她點了點頭。

「沒錯，靈神人劍擁有祝福的限定秩序。因為它是把受到海馮利亞的主神祝聖天主艾菲所祝福的聖劍──也就是需要祂的權能。」

「權能？」

雷伊提出疑問。

「沒記錯的話，原先鍛造這把劍的人不是魔女嗎？」

這次由巴爾扎隆德回答這個疑問。

「權能的性質依主神而異。祝聖天主艾菲擁有的其中一個權能，是聖伊凡斯瑪那的祝福。由魔女鍛造出來的劍因此重獲新生，成為了海馮利亞的象徵。」

先經過祝福，該物體才開始代表權能、發揮功能。

「那麼，天命靈王迪歐娜忒可也擁有相同的祝福之力嗎？」

「那種說法不算錯，不過也不完全正確。」

巴爾扎隆德說明：

「如同先前所述，賜予個人與其相符天命的神，天命靈王迪歐娜忒可乃誕生自此傳說的精靈。不知從何時開始，出現了迪歐娜忒可是第二主神的傳聞，使祂實際上寄宿了此等力量。祂的世界有很長一段時間，主神變為了兩位。」

寄宿主神力量的精靈嗎？

靈神人劍擁有如此龐大的力量，也就可以理解了。

「轉捩點發生在遙遠的過去，亞澤農的毀滅獅子對祂的世界賽萊納發動攻擊。」

賽萊納也就是水算女帝莉安娜普莉娜的世界嗎？

「天命靈王迪歐娜忒可為了對抗伊威澤諾，與聖劍世界海馮利亞以及鍛冶世界巴迪魯亞聯手。」

巴爾扎隆德面露認真的神情說：

「由於需要有能夠將難以毀滅的野獸們澈底殺死的武器，迪歐娜忒可對自己下達了天命——天命靈王將寄宿在靈神人劍伊凡斯瑪那。」

也就是說，那應該是一場慘烈的戰爭。不惜犧牲自己也必須消滅亞澤農的毀滅獅子。

「結果奇妙的事情發生了。迪歐娜忒可擁有祝福的限定秩序，同時也並未失去原先掌管天命的力量。相傳那股力量與聖伊凡斯瑪那的祝福結合，那把聖劍就連宿命都能夠斬斷。」

確實很奇妙。

然而，精靈經由謠言與傳承引發不可思議的現象。

倘若考慮到天命靈王僅僅只是處於寄宿狀態，那麼其未干涉聖劍本身的限定秩序，也就說得通了。

「那位大哥哥說得沒錯。」

詩露可說道。

「總之，不去一趟海馮利亞，就沒辦法進行重鑄喔。因為在其他世界，無論條件多麼齊全，仍然會受到祝福以外的秩序干涉。」

然後巴爾扎隆德又開口說：

「假如是從頭開始製作，或許是如此，然而如果只是進行重鑄，在巴迪魯亞這裡不就足夠了嗎？」

「如果是普通的劍，確實如此。可是靈神人劍是雜貨工房的魔女蓓拉彌的最佳傑作，普通的鍛造師就連拿都拿不起來。如果要在這裡重鑄，就只有造劍者本人才有辦法。」

假如蓓拉彌願意接受委託，事情就好辦了吧。

既然狀況不允許，那就沒辦法了。

「只要前往海馮利亞，就有辦法嗎？」

儘管我提出疑問，詩露可並沒有立即答覆。

「……有三項必要條件……正如剛才所說，首先地點必須是海馮利亞。其次是適合用來打造聖劍的十把堅固大槌。因為我覺得有幾把會折斷。最後是亞澤農的爪子。」

爪子？

「要用在什麼地方？」

「靈神人劍的劍刃過於堅硬而無法研磨。所以，需要使用其天敵的亞澤農的爪子來進行研磨，磨到能夠將該爪子切斷的程度。」

亞澤農的爪子與靈神人劍擁有彼此相互相反的屬性。

是要利用那個特性嗎？

「……可是，想要取得亞澤農的爪子，就只能與毀滅獅子交戰……說到底，即使有那個，我也只能說——我會盡力試試看……」

詩露可看起來十分抱歉地窺探著辛的表情。

「……成功鍛造出靈神人劍的人，唯獨只有巴迪魯亞最上位的鍛造師……就只有奶奶一人而已……」

「唔嗯，似乎每一項都不成問題呢。」

「咦？」

我畫出魔法陣，從中取出紅色的爪子並遞過去。

這是從波邦加那裡搶來的。

詩露可驚訝地將其拿到手上，目不轉睛地窺探深淵。

「這是……？」

「亞澤農的爪子。還有——」

我再次將手伸進魔法陣，拿起白輝槌維澤爾翰。

「聽說這是打造靈神人劍的聖槌。大槌只要有這一把就足夠了吧？」

我交出大槌，詩露可鄭重地收下。

然後，她仔細地窺探其深淵。

「…………………騙人……」

她就像掉了半個魂似的，不由自主地問道：

「這個……為、什麼……？」

「要是妳提起幹勁了，就轉交給妳——我們被如此吩咐了。」

「……可是，接下來明明就要和伊威澤諾打仗了啊……？要是沒有維澤爾翰，即使是奶奶也沒辦法好好地戰鬥……」

也許是吧。雖說是巴迪魯亞的元首，她的本業是鍛造師，我不認為她有那麼適合戰鬥。

「正因為即將與伊威澤諾交戰，才需要伊凡斯瑪那吧。蓓拉彌基於與聖劍世界的盟約，無法親自操刀重鑄工作，因此才將維澤爾翰託付給妳。」

其中的意義不問自明。

「她應該是相信詩露可．米勒——妳的技術吧。」

詩露可必定能夠趕在與伊威澤諾交戰之前重鑄靈神人劍——正因為如此確信，才不惜交出自己的武器，也要託付給她。

「……為什麼……」

詩露可緊咬下脣。

從表情能夠看出她複雜的心境。

「……總是……在抱怨、嘮叨和訓話……明明從來沒有好好地稱讚過我……」

就連本人不在場時，只要一提到詩露可，就是滿口怨言吧。雖然認同她的技術，卻不大方地予以誇獎。

或許是認為她有才華，才會用加倍嚴格的態度對待她。其言下之意是——才這點程度就滿足的話，我會很困擾。

然而，其嚴格態度背後的意圖，似乎沒有順利地傳達給年輕的弟子。蓓拉彌曾說詩露可變得得意忘形，真相卻並非如此。

看來兩人之間有相互誤解的地方。逐出師門後遲遲未歸，想必也讓蓓拉彌傷透了腦筋。

「有巴迪魯亞第一的鍛造師掛保證，可別說妳做不到喔？」

詩露可噘起嘴巴。

「……奶奶真的是老古板……我是被稱讚才會成長的類型耶……」

她如此喃喃自語，同時抬起頭來。

轉了轉白輝槌維澤爾翰，並且將其收納進魔法陣中。

「『收納工房（garutsu）』。」

她在洞窟一帶畫出魔法陣，將整座工房收入其中。頃刻間，魔法爐、鍛冶道具、魔鋼、魔劍和聖劍都消失，變為普通的洞窟。

「那麼走吧。去海馮利亞。」

我們離開洞窟，然後返回碼頭。

為了取得歐爾多夫的情報，原本就預計讓米夏等人前往海馮利亞。

假如辛與雷伊也能去，就更理想了。

「抵達海馮利亞為止，我會在前方帶路。」

巴爾扎隆德說。

銀水船涅菲斯起飛，魔王列車跟在其後出發。

我使用「意念通訊」說：

「艾蓮歐諾露，狀況有變，接下來要前往海馮利亞。」

『咦咦？怎麼回事？潔西雅的劍現在正在製作中喔？』

「沒關係，之後再過來會合吧。」

『船該怎麼辦呢？』

「巴迪魯亞應該也會來海馮利亞，妳去請求他們借載一程。」

『啊～了解。我去拜託看看喔。』

銀水船與魔王列車逐漸提升高度，同時穿過黑穹。

在銀海中朝著海馮利亞的方向全速前進。

「耶魯多梅朵。」

這次經由銀燈軌道，我向帕布羅赫塔拉傳送「意念通訊」。

熾死王的聲音傳了回來。

『海馮利亞的入界許可到手了。』

「條件是？」

『竟然是無條件！雷布拉哈爾德擺出沒時間搭理我們的模樣，回去海馮利亞了。哎呀哎呀，到底發生什麼事了呢？』

「假如打聽到什麼，就向我報告。」

我切斷「意念通訊」。

魔王列車行駛了幾個小時後，一個銀泡出現在前方。

能夠清楚地辨認出銀燈的光芒與好幾道純白的彩虹。

『抵達了。』

「巴爾扎隆德，回到聖劍世界之後，你的行動應該會受到限制吧？」

現階段巴爾扎隆德正為了靈神人劍而擅自行動——表面上是如此。

雖然現在還沒到會被強制帶回的情況，一旦返回海馮利亞，聖王與其他五聖爵果然不會放任他行動吧。

『只要不搭乘銀水船進入，即使是狩獵義塾院也無法察覺。涅菲斯不入界，會潛伏在附近海域；我則搭乘魔王列車進入海馮利亞。』

「米夏。」

我一呼喚她，她隨即點點頭。

「發射室，開啟艙門。」

隨著米夏的聲音，最後一節車廂的門打了開來。

巴爾扎隆德隻身一人自銀水船飛來，並且從該處進入魔王列車。

「可以降落嗎？」

「沒問題。既然已經取得入界許可，就不會引起狩獵義塾院的警戒。就算對方主動前來與我方接觸，也需要一點時間。」

巴爾扎隆德回答米夏的問題。

「那麼，隨便找個碼頭停靠後，就分成兩組分頭調查靈神人劍與歐爾多夫。兩組最好都不要被聖王察覺，要趕在狩獵義塾院前來接觸之前離開魔王列車。」

我如此下達指令。

「開始下降。」

米夏給出信號，魔王列車開始筆直地朝海馮利亞入界。銀燈的軌道伸長，固定在海馮利亞的內部。

魔王列車脫離軌道在黑穹中降低高度，不久鮮豔的白虹便取代夜空映入眼簾。

然後——

『敬告隸屬於帕布羅赫塔拉的船隻。』

「……什麼……？」

巴爾扎隆德這麼大叫。與他的說明不同，才剛進入海馮利亞立刻就傳來「意念通訊」。

『在下乃狩獵義塾院的加倫澤斯特侯爵。能否請貴船隻公開隸屬單位、首長之名，以及目的？』

「我是轉生世界米里狄亞的元首阿諾斯．波魯迪戈烏多。依照先前的通知，前來海馮利亞支援了。」

我如此回應「意念通訊」。

『我們確實收到了您的通知。海馮利亞現在正處於戒嚴狀態。由於我方將於停留期間對船隻實施監視，請貴船降落在指定地點。』

唔嗯，看來行動似乎會變得不太方便呢。

「距離與伊威澤諾交戰應該還有一些時間，難道是幻獸機關有動靜了嗎？」

『幻獸機關的動向還不明瞭，不過銀泡出現動靜了。』

加倫澤斯特以嚴肅的語調說：

『伊威澤諾本身正在接近本海馮利亞。』

§ 22 【暗雲蠢動】

地上出現了一道光。

其光芒照亮了行進於天空中的魔王列車。

大概是用來引導的吧。

米夏將魔眼室捕捉到的影像透過水晶放映出來。是山岳地帶。好幾座聳立著的城堡與山壁合為一體，光似乎是從其中一個角落釋放出來的。

『詳細的說明，將於在下的狩獵宮殿進行。請跟隨那道光過來。』

侯爵加倫澤斯特說著，「意念通訊」被切斷了。

「巴爾扎隆德，如果就這麼降落，結果會如何？」

我詢問剛好走進司機室的巴爾扎隆德。

「狩獵宮殿的碼頭部署著搜索船隻的術式，以及直覺敏銳的那幫人。即使使用隱蔽魔法，也不見得能夠完全隱藏。」

大概是伴隨著伊威澤諾的接近，對於進入海馮利亞的船隻警戒也跟著強化了吧。繼續這樣載著巴爾扎隆德與詩露可看來並非上策。

「可是，那裡是加倫澤斯特狩獵宮殿，是侯爵的大本營。要是加倫澤斯特卿握有先王的情報，應該會有相關的痕跡。」

巴爾扎隆德如此補充。如果能夠與先王歐爾多夫通訊，或許就會留下紀錄。即使並非如此，侯爵的部下也有可能掌握著情報。

「詩露可，重鑄靈神人劍的地點以何處為宜？」

辛發問。

「因為需要用到虹水湖的水，假如可以，最好選在那裡。不過，我也幾乎沒有來過海馮利亞……」

「虹水湖位於加倫澤斯特狩獵宮殿所在的山腳。」

巴爾扎隆德才說完，魔法水晶的影像隨即切換。

「……雖然就近在咫尺，不會被發現嗎……？」

莎夏將視線投向加倫澤斯特狩獵宮殿下方的湖泊，同時歪頭表示疑問。湖泊的水面反射光線，散發出彩虹般的閃耀光輝。

「虹水湖不在加倫澤斯特卿的管轄範圍內。只要不做出顯眼的行動，就不會有問題。」

巴爾扎隆德斬釘截鐵地斷言。

「但是，重鑄作業有辦法安靜嗎？倘若是在巴迪魯亞，鍛造劍的聲音可是會翻山越嶺響徹各處。」

「唔……！」

巴爾扎隆德彷彿沒有想過一般，表情顯得扭曲。

「隔絕聲音就沒問題了。你不擅長結界嗎？」

「別小看我了。我伯爵巴爾扎隆德，要設下那種程度的結界只是小事一樁。」

「既然做得到，為什麼會感到為難啦。」

對於莎夏尖銳的追問，巴爾扎隆德堂堂正正地回答：

「狩獵貴族的本分是狩獵。腦袋除了狩獵野獸以外，沒裝其他東西。」

「我覺得其他東西還是多少裝一點比較好吧……」

莎夏愕然地說。

「既然如此，靈神人劍組和巴爾扎隆德在這裡降落並前往虹水湖。不要被狩獵義塾院發現了。」

「遵命。」

辛說著，他們動身前往最後一節車廂的彈射室。

「米莎。」

「啊，好的。說得也是呢。」

米莎追上辛等人，站到了雷伊身旁。

「……這次要分頭行動呢。」

「又不是去戰鬥，會好好地回來喔。」

「哈哈哈……我沒有在擔心啦。而且還有爸爸跟著……啊唔。」

米莎的鼻尖撞上辛的後背。

他突然停下腳步，眼神銳利地說：

「不要鬆懈。閒聊可能會導致更晚歸來。」

米莎與雷伊面面相覷，臉上帶著苦笑。

「米莎，差不多了。」

「好的。」

米莎將白色的指尖往頭上一伸，外溢而出的暗黑便包覆住她的身體。

該處出現無數道閃電。

她身穿檳榔子黑的洋裝、背上長出六片精靈的翅膀，並且伸長的頭髮宛如深海，展現出真體。

「『深印』。」

水的紋章浮現，米莎將其嵌入她描繪的魔法陣予以深化。

「『深惡戲神隱』。」

辛、雷伊和詩露可等人的胸口出現兩枚發光的羽毛，緊貼在身體上。

一枚是妖精的羽毛，另一枚則是隱狼的羽毛。在術式中嵌入「深印」並成為深層魔法的「深惡戲神隱」，即使在這個聖劍世界的秩序之中，應該也能夠形成不錯的隱蔽。

抵達彈射室後，辛停下腳步。

「準備好了嗎？」

詩露可點點頭。

「走吧。」

「只要抵達湖泊，『深惡戲神隱』就會解除，還請小心。」

辛等人的身體變化為霧氣，順利地通過彈射室艙門的門縫抵達外側。

由於有魔王列車在，該處位於加倫澤斯特狩獵宮殿的觀測死角。因為使用了「深惡戲神隱」，被發現的可能性極低。

他們維持這樣的狀態，朝著虹水湖緩慢地出發了。

「米莎、米夏、莎夏，抵達狩獵宮殿之後，就看準時機溜出去吧。」

米夏點了點頭，莎夏同時說：

「要潛入狩獵宮殿，然後尋找有關歐爾多夫的線索對吧？」

「沒錯。」

米莎再次使用「深惡戲神隱」，並將出現的羽毛貼在她們三人的身上。

魔王列車就這樣徑直下降，停靠在設置於狩獵宮殿屋頂上方的碼頭。

據巴爾扎隆德所說，該處部署著搜索船隻的術式。

雖說使用了「深惡戲神隱」，問題在於能夠隱藏到什麼程度吧。

比起術式，更麻煩的或許會是「直覺敏銳的那幫人」。

「亞露卡娜，跟我一起來。」

我開啟司機室的艙門，和亞露卡娜離開魔王列車。

碼頭停泊許多艘銀水船。彷彿前來迎接我們一般，身著正裝的狩獵貴族們一字排開地列隊，位於正中央的一人走上前來。

他是一名有著紳士風格的捲髮男性。其腰間掛著三把聖劍，頭上戴著羽毛帽。

「初次見面。在下乃遵循聖王之命，負責守護本狩獵宮殿的侯爵加倫澤斯特。」

加倫澤斯特拿下羽毛帽，鄭重地行了一禮。

「我是阿諾斯．波魯迪戈烏多。這位是愚妹，名叫亞露卡娜。」

「請多指教，羽毛帽之子。」

加倫澤斯特一瞬間以銳利的視線窺探亞露卡娜的深淵，隨後回以微笑。

「這邊請。在下將為您說明狀況。」

加倫澤斯特腳下的固定魔法陣發出光芒。

我和亞露卡娜站到其上方，隨後視野染成純白一片。下一個瞬間，我們轉移到一間陳列著好幾面大鏡子的房間。

位於中央大鏡子前方的人，即聖王雷布拉哈爾德。

「感謝魔王學院的協助。」

他回過頭來，就像在說客套話地說：

「你們這麼早就來訪，是察覺到現在的局勢嗎？」

「不是，純屬偶然。」

大鏡子所照映的，是被巨大暗雲所包覆的銀泡——災淵世界伊威澤諾。

雖然因為過於巨大而難以辨別，那顆銀泡確實每分每秒都在移動。

「這幅影像是如何進行放映的？」

「這是來自偵查船的影像。由於是界間通訊，依目前的術式結構，會有十五分鐘至三十分鐘的延遲。」

加倫澤斯特回答。

「何時會與海馮利亞接觸？」

「伊威澤諾正在逐漸提升速度。依在下拙見，恐怕會在三四日之後。」

剛好是伊薩克提出的期限到期的時候嗎……

他說要毀滅海馮利亞，看來不是虛張聲勢呢。

「原先預定要予以迎擊，可是這麼一來，就不能只是一味地等待了。」

雷布拉哈爾德保持冷靜地說：

「假如就這樣發生衝突，伊威澤諾與海馮利亞都無法全身而退。」

海馮利亞與伊威澤諾互為天敵。假使聖王雷布拉哈爾德的評估正確，兩者的戰力差距則不大。

倘若戰場在海馮利亞，狩獵貴族將會獲勝；如果在伊威澤諾，則災人會獲勝。

因此，他已經做好危及人民的心理準備，打算在海馮利亞進行迎擊。

也就是說——

「本來沒有移動小世界的手段嗎？」

「即使嘗試從外側觸碰銀泡，也會因為秩序而穿透過去。假如從內側施以強大的推力，在移動之前世界就會先崩壞。」

「有必要針對伊威澤諾的移動方法進行調查嗎……？」

只要釐清移動方法，應該也能夠使其停止，否則兩個世界會一起葬身於銀海。

「那也許是最理想的做法。」

「依在下拙見，毀滅伊威澤諾應該會更有效率。」

加倫澤斯特說道。

這確實是合理的見解。假如有時間還另當別論，但是最快也僅剩三天的餘裕。

「災淵世界的移動，至少應該與災人有關。依在下愚見，只要狩獵那傢伙，應該有很大的可能性會停下。」

「然而這麼一來，就必須要闖入伊威澤諾才行。」

倘若以伊威澤諾為戰場，對方將居於優勢，大概與白白送死差不多吧。

「最壞的情況下，確實是如此。可是照這樣下去，一旦發生衝突，將會同歸於盡。災人大概在等待吾等忍不住先衝出去吧。」

加倫澤斯特以鄭重的口吻說：

「吾等應該鼓起勇氣將其引誘過來。災人們乃是野獸，只要在其面前亮出餌食靈杯，他們基於本能將無法等待。」

「唔嗯，所以要向伊威澤諾派遣誘餌，把災人們給引出來嗎？」

對於我的問題，加倫澤斯特點點頭。

然後向雷布拉哈爾德進言：

「聖王陛下，您意下如何？只要您一聲令下，本人加倫澤斯特將欣然前往死地——」

「算了吧。」

加倫澤斯特瞪了我一眼。

「假如對方抱著同歸於盡的決心，那就連試膽都算不上。」

「野獸的尖牙並不會觸及海馮利亞。因為這個世界乃受到祝聖天主艾菲守護的聖域。」

雷布拉哈爾德直截了當地說：

「就去告訴他們，獵人的理性與野獸的本能，何者更為強大吧。」

接到這個命令，加倫澤斯特深深地低下頭。

「吾等必定會回應陛下的期待。」

§23 【潛入宮殿】

加倫澤斯特狩獵宮殿碼頭——

於魔王列車司機室之中，米莎、莎夏和米夏正在窺探外面的情況。

「監視人員合計共有七名。通往宮殿的入口只有轉移魔法陣，全部共有四個地方。」

米夏使用神眼逐步掌握碼頭的警備狀況。

「宮殿窗戶全都被關起來了，而且還設有結界。」

「看來即使是變化成霧氣，也沒辦法從窗戶進入呢。」

米莎優雅地撩起頭髮說。

「不過，縱使使用『深惡戲神隱』瞞過監視人員的魔眼，只要擅自啟動轉移的固定魔法陣，就會馬上曝光呢。」

莎夏如此說著，然後陷入沉思。

一律使用固定魔法陣作為入口，大概是針對隱形之人的對策。就算是用魔眼也無法捕捉到的隱蔽魔法，只要事先限縮通行路徑，就有辦法察覺。

「監視人員不會輪班嗎？」

「意思是等某人使用轉移魔法陣時，再跟著一起轉移嗎？靠近到那種程度，即使是『深惡戲神隱』，果然還是會很危險吧？」

深層世界應該要提防那種可能才對。

「要是碰到緊要關頭，強行讓其閉嘴就好。」

「米莎進入真體狀態後，會說出阿諾斯會講的話呢……」

莎夏投去愕然的視線。

「讓其閉嘴後，又該怎麼辦呢？」

「失去意識的人體與人偶相同，可以用『思念並行附身(rikusunesu)』予以控制。」

「那個方法，最終還是會被發現吧？」

「所以在那之前要搶先找出有關先王歐爾多夫的線索。」

莎夏顯得很為難地將手放在頭上。

「完事後，不知道會被海馮利亞說些什麼。」

「命令要求以找到先王歐爾多夫的線索為優先啊。因為下手地點在聖上六學院的領地，阿諾斯大人在某種程度上也會睜一隻眼閉一隻眼。」

「或許是這樣沒錯啦，可是沒有更安全一點的策略嗎？」

於是米莎轉向米夏。

「魔王列車配有艾庫艾斯與梅帝倫的反魔法。即使是搜索船隻的術式以及狩獵貴族的魔眼，也無法完全看透內部。」

米夏淡淡地說明，同時邁出步伐。

她小步地從司機室快速走向其他車廂，莎夏與米莎跟隨其後。

不久之後，她們來到砲塔室。

正在休息的粉絲社少女們站起來。

「自己打開了耶！」

「怎麼回事啊！」

米莎等人操作魔法現出原形。

「啊，是米夏她們啦。」

「這樣啊。是『深惡戲神隱』！」

米夏點點頭說：

「繼續休息。」

米夏前進幾步後停下腳步。

她將視線投向地板。

「從外面看過來，這裡是最大的死角。」

米夏的眼瞳中浮現出白銀的月亮。那是「源創神眼」。那個視線溫柔地照耀著地板，將其重塑成一道門。

米夏伸手開啟地板上的門。位於對面的，是碼頭的地面。

「……地面也鋪設著結界呢……」

米莎對那頭投以魔眼說。

「在結界與地面開洞──小到不會被察覺的洞。」

米夏對莎夏使了個眼色。

「我試試看。」

莎夏發動「破滅魔眼」，而且目不轉睛地凝視結界。就像往針孔裡穿線一樣地控制魔眼，在結界上開出極小的洞。

與此同時，米夏使用「源創神眼」讓視線穿過結界上那個極小的洞。屋頂的地面開始被重塑，一點一點地形成狹小的洞口。

「沒有被發現呢。」

米莎環顧外面的監視人員。

米夏與莎夏全神貫注在開洞。出力太強會被發現，反之太弱則無法開洞。只要魔眼的方向稍微偏離死角，大概就會被發現。

兩人沒有眨眼，持續發動魔眼與神眼。

然後過了幾分鐘之後——

「開通了。」

兩人鬆了一口氣、放心下來，停止發動魔眼與神眼。

「愛蓮。」

米夏才呼喚，愛蓮便跑了過來。

「我們會從這裡回來，所以——」

「嗯，收到！讓魔王列車待在這裡不要動就可以了吧？」

「拜託了。」

「交給我吧！我會和大家一起努力！」

粉絲社少女們的臉上浮現出笑容。

「那麼，我們走吧。」

米莎說著，三人的身體化為霧氣。

那道霧氣被吸入先前開通的地板洞口並持續下降。她們從天臺穿過最上層樓的天花板，成功入侵至加倫澤斯特狩獵宮殿的內部。

三人緩慢地以腳著地。

『要從哪裡開始調查起呢？』

米莎使用「意念通訊」。

『我認為，外界通訊必定會使用到魔法具。』

『畢竟外界通訊的魔法目前沒有人在使用。普通的船好像也沒辦法進出小世界，也許沒有寄宿主神的力量就沒辦法做到吧。』

米夏與莎夏說。

寄宿主神力量的魔法具，應該是進行外界通訊的條件。

『倘若要隱瞞與先王的通訊，位於外人無法進入的場所，這種可能性相當高。』

『那麼就去找那個吧。』

三人一面警戒著陷阱與探知魔法，一面慎重地於宮殿內前進。

避開迎賓的區域，持續追蹤武器、魔法具、戰鬥用固定魔法陣的魔力。

行經某個通道時，米夏停下腳步。

她轉頭望去的方向是一條死路。

『從建築物的構造來看，這前方什麼也沒有呢。』

『我看得到位於最深處的魔力。』

莎夏與米莎相互使了個眼色。

『去看看吧。』

米夏點點頭。

與先前的做法一樣，她們使用「破滅魔眼」與「源創神眼」在牆壁與結界開出一個狹小的洞。

三人化為霧氣前往牆壁的對面。

正如米莎所說，考慮到建築物的構造，對面應該空無一物。

然而她們來到一間房間裡頭。

雖然排列著幾扇窗戶，外面一片漆黑。既然連星光都看不見，就意味有某種魔法機制正在運作。房間中央有條巨大的舵，那應該是操舵室。

『是船的內部……沒錯吧？』

對於莎夏的疑問，米夏點了點頭。

『也許會有外界通訊用途的魔法具。』

船是為了離開小世界而存在的東西。倘若是狩獵義塾院的所有物，即使設有經過主神祝福的外界通訊設備也不足為奇。

米夏、莎夏和米莎開始調查操舵室中有無通訊用途的魔法具。

經過數分鐘後。

『……沒有耶……』

『是啊……』

米莎與莎夏轉頭看向米夏。

她搖了搖頭。

看來這裡並沒有搜索目標的魔法具。

『姑且也找找看其他房間——』

莎夏話音未落的當下，米莎解除了「深惡戲神隱」並抓住她的身體。

聖劍自牆壁突刺而出，與莎夏的鼻尖擦身而過。

既然察覺到「深惡戲神隱」，就代表對方不是以視覺進行鎖定。假如不是米莎立即拉住她的手，她恐怕已經被刺中了吧。

『這邊。』

米夏往另一間房間移動，其餘兩人也立即跟在後面。

她們在隔壁房間屏息躲藏，隨後一個男人穿過牆壁出現在操舵室。

對方是狩獵貴族。

他的耳朵配戴著劍型耳環，手上拿著聖劍。

男人粗略地環顧操舵室後大喊：

「我是男爵雷歐沃爾夫！賊人，我知道你們就在那裡。我數到三，給我現身並堂堂正正地報上名來。否則——」

雷歐沃爾夫的聖劍才瞬間閃爍一下，米夏等人所潛伏的隔壁房間的房門就被砍倒。

「——就把你們的腦袋給砍了。」

§ 24　【意外的願望】

「一——」

男爵雷歐沃爾夫的聲音響起。

莎夏與米莎隱身在隔壁船艙中，同時擺好架勢。

被看到身影的話會很麻煩，只能趁對方闖入時迎擊，並在真實身分尚未曝光前打倒他，抑或是選擇逃跑。

米夏抬頭看向天花板，上頭有些許的縫隙。

「二——」

三人以眼神相互交流，並且一齊點頭。

『「深惡戲神隱」。』

米莎再次使用精靈魔法，三人化為霧氣往天花板的縫隙前進。

「三！」

突然間——天花板猛地刺出劍刃，刺中了米莎的身體。她本來應該處於霧氣狀態的皮膚裂開，一下子溢出大量的鮮血。

『唔……』

自天花板伸出的劍刃彷彿追擊一般往下揮動。

米莎等人立即翻身閃躲並著地。

『米莎。』

莎夏回頭看去。

米莎的胸口插著被折斷的劍尖。

奇怪的是，劍刃與皮膚開始同化。雖然使用了回復魔法，卻始終沒有痊癒的跡象，傷口慢慢地擴大。

腳步聲響起。

雷歐沃爾夫進入船艙。

不知何故，他手中的聖劍正滴著米莎的血。

「雖然有命中的手感，卻沒有外形。真是使用很詭異的魔法呢。」

假如嘗試用魔眼觀察，神隱精靈就會將存在消除。受到具備其特性的精靈魔法「深惡戲神隱」的影響，雷歐沃爾夫的魔眼並未看見米莎等人。

儘管如此，那傢伙的眼睛仍然筆直地往她們的所在地望去。

「可是，你們運氣還不好呢。我的心眼能夠看穿你們的內心。即使試圖消除外形、消除魔力、消除存在，也無法消除內心，這就是人性。」

雷歐沃爾夫悠然地持聖劍擺出架式。

剎那間，他的魔力消失了。

「融合劍，祕奧之二——」

米夏等人蹬地往三個方向散開。目的是分散鎖定對象，並打算由未受攻擊者負責打倒雷歐沃爾夫。

「——『同化增刃』！」

聖劍刺在地面。

緊接著，無數的劍刃自牆壁與地面伸出，幾乎沒有逃脫空間，三人的身體被穿刺了。

貼在衣服上的兩片羽毛被砍碎，「深惡戲神隱」的效果逐漸消失。

她們的外形顯現出來。

「能夠依照同化的物質，增加同等數量的劍刃嗎？」

即使身體被聖劍釘住，米莎也依然面露神色自若的笑容。

「說出妳們的名字和隸屬單位。妳們有什麼目的？」

米莎呵呵地笑了笑。

「有什麼好笑的？」

「無論做多少針灸治療，也嚇唬不了人喔。」

「……原來如此。我明白了。」

雷歐沃爾夫的眼神變得銳利，持劍擺出架式。

然後蹬地向前。

「就先從妳的腦袋開始砍吧！」

這個瞬間，將米莎等人穿刺的無數劍刃同時崩碎散落。

「唔……？」

在米莎與雷歐沃爾夫對話的期間，莎夏用「破滅魔眼」削弱聖劍的加護，米夏則用「源創神眼」將其重塑為脆弱的物質。

「莎夏。」

「要上嘍！」

經由「源創神眼」，船艙逐漸被重塑為冰城的內部。為了不讓魔力傳達至外部，因而加上了堅固的結界。

莎夏的眼瞳間不容髮地浮現出「破滅太陽」。其視線刺向雷歐沃爾夫並照射出黑陽。

「融合劍，祕奧之一——」

雷歐沃爾夫筆直地揮下聖劍。

「——『和刃』。」

那傢伙漂亮地砍落被釋放出來的黑陽。那把聖劍恐怕能夠與各種東西融合。只要將兩者融化並混合，就會成為同性質的存在。

既然如此，縱使是破滅的光，予以融合後也能夠以劍術將其切斷吧。

「看來相當有本事，一打三會很吃力。」

雷歐沃爾夫嘗試送出「意念通訊」，可是聯繫不上。

圓頂狀的黑暗覆蓋住整座冰城。因為米莎的「深闇域（demera）」藉由「深印」予以深化，阻斷了通訊魔法。

「這樣一來你就是籠中鳥了，逃不掉嘍。」

「原來如此。」

雷歐沃爾夫持聖劍擺出架式，微微地吐出一口氣。

然後右手持融合劍，左手畫出立體魔法陣。

「『聖霸武道』。」

魔法的線條自那傢伙的腳下延伸而出。

其分支出去，於艙內構築出數條道路。

「任誰都無法阻止我的武道。」

銳利的目光刺向米莎。

雷歐沃爾夫放低姿勢往前跨出一大步。融合劍的魔力非比尋常地快速增加，打算揮出必殺的一劍。

就在此時——

光輪照亮黑暗的圓頂。

「…………！」

或許是注意到什麼，即將衝出去的雷歐沃爾夫在最後一刻停手了。

隨後光輪消除「深闇域」，米夏創造出的冰城也瞬間融化。

頃刻之間，周圍還原為本來的船艙。

感受到龐大的魔力。
不是人類，而是神族的。
而且還不是普通的神。
一位身穿純白法衣的少女從房門的對側悄無聲息地走了進來。
其背上有兩片放出彩虹光輝的翅膀，光輪懸浮在頭上。
而且其全身散發出神聖的光，僅能以清淨來形容。
「……天主……」
雷歐沃爾夫就像保護少女一般站在其前方。
「收起你的劍，雷歐沃爾夫。因為她們將作為我的客人予以招待。」
儘管雷歐沃爾夫稍微睜大雙眼，還是將聖劍收進魔法陣，並且解除了「聖霸武道」。
「一切謹遵天主的旨意。」
雷歐沃爾夫瞥了一眼米夏等人之後轉身離去。
放跑他就糟了——儘管莎夏立即用「終滅神眼」瞪視過去，黑陽卻被少女的翅膀放出的光輝消除了。
緊接著，可以聽到操舵室的方向傳來多重的腳步聲。
「雷歐沃爾夫大人！」
「剛才此處是否傳來了可疑的聲音？」
話音響起。

大概是察覺到異樣的狩獵貴族們聚集過來了。

「沒有賊人，無須向加倫澤斯特卿報告——向其他人如此轉達吧。」

「『遵命！』」

雷歐沃爾夫與狩獵貴族們相繼離開操舵室。

不久之後，腳步聲完全消失，船艙恢復寂靜。

「雷歐沃爾夫是忠實的獵人，不可能有違背主神命令之情事，因此還請放心。」

少女的話音帶有神聖感。

米夏用其神眼望向她。窺探深淵後，她悄悄地問道：

「妳是祝聖天主艾菲嗎？」

米夏如此詢問。

「是的。」

米莎與莎夏看似不解地相互使了個眼色。

祂是這個聖劍世界海馮利亞的主神。從魔力與男爵雷歐沃爾夫的言行舉止來看，應該不會錯。

「為什麼要幫我們？」

「因判斷兩位為良善精靈與良善神祇。」

對於投以疑問的米夏，艾菲回以沉穩的表情。

「……就因為那樣的理由？」

莎夏感到狐疑。

她應該在猜想對方是不是有什麼其他的目的吧。

「我的神眼能夠看見虹路。所謂虹路，乃我等世界的居民應行走的正道，乃其良心具現化的形態。而且，即使出身自異世界，良善之人也擁有一鱗半爪虹路。換言之，我能夠看見各位心中，存在直至今日皆未違背自身良心的證明。」

艾菲妖嬈多姿地說：

「長久以來，我都等待著擁有特定虹路形態的訪客。然後，妳們來到了此處。」

祝聖天主緩步向前，走到米夏等人的身邊。

「還請告訴我各位的大名。」

米莎與莎夏向米夏使了個眼色。

她點了點頭。

「米夏。」

「米莎。」

「莎夏。」

祂彷彿要將每個人的名字都牢記於心中一般說：

「米夏、莎夏、米莎，我有件事想要拜託妳們。倘若妳們願意接受，侵入本狩獵宮殿一事就不予以追究，並且會授予各位祝聖天主艾菲的祝福。」

米夏就像要揣測艾菲的內心一般，以神眼望向祂。

大概是認為對方不像在說謊，於是她說：

「作為祝福的替代，我們有事情想要請教。」

「是什麼事呢？」

「我們想知道海馮利亞的先王歐爾多夫的所在位置。」

說完祝聖天主艾菲睜大祂那雙神眼，露出了驚訝之情。

「……啊啊……怎麼會這樣……」

艾菲如此喃喃自語後，看向三人。

祂說道：

「我的願望也是與歐爾多夫見面。」

米夏連續眨了兩次眼。

「我想再一次與他見面，並且向他確認。」

「……確認什麼？」

艾菲滿面愁容地說：

「我……祝聖天主艾菲的內心，是否真的與海馮利亞的主神相稱。」

§ 25　【祝福】

莎夏露出疑惑的表情，歪頭思索。
「希望祢再說得詳細一點。意思是祢明明是海馮利亞的主神，卻不認為自己相稱嗎？」
「倘若要正確地回答問題，需要較長的時間進行說明。」
祝聖天主艾菲如此探詢三人的意願。
「沒關係。」
米夏說。
於是艾菲調轉腳步。
「這邊請。」
移動至隔壁的操舵室之後，艾菲於牆壁上描繪出魔法陣。
那是米夏等人進來時使用的入口。銜接空間受到神聖光芒施予的祝福，構築出結界。
「如此一來，就無人能夠自狩獵宮殿進入本聖船艾露托菲烏絲了。」
艾菲如此說著，之後重新轉向三人。
「各位是否知曉，平定本聖劍世界的元首——聖王的選出方式？」
「靈神人劍伊凡斯瑪那。」

米夏淡淡地回答。

「拔出劍者，即能獲得聖王的王位繼承權。」

為了拯救露娜．亞澤農，雷布拉哈爾德拔出了靈神人劍。他得到王位繼承權，繼承退位先王歐爾多夫的王位，成為了聖王。

「說得沒錯。靈神人劍乃接收我的權能——聖伊凡斯瑪那祝福的聖劍。我擁有看見虹路的神眼，靈神人劍更擁有觀察這個海馮利亞虹路的力量。」

「虹路是人的良心具現化的形態吧？那麼所謂的『海馮利亞虹路』，又是什麼呢？」

米莎詢問。

「縱然難以透過言語表達，可以將其理解為世界的良心具現化的形態。海馮利亞在與其他世界的關係中，行良善和適當之事，並且走在正道之上——請理解為，正是這種指引，構成世界中的虹路。」

「意思是能夠引導海馮利亞成為更好世界的道路？」

對於莎夏的問題，艾菲點了點頭。

「靈神人劍伊凡斯瑪那會選出引導海馮利亞的王。成功拔出伊凡斯瑪那的歷代聖王，每一位都未曾沉溺於私利和私慾，而是遵從良心與理性，致力於正確地維持這個世界。」

巴爾扎隆德曾經持有伊凡斯瑪那的劍柄，就代表他也有成為下任聖王的資質。

雖然他確實有些思慮不周，卻是個重情重義的男人，又擁有犧牲自己拯救部下的氣概。

假如得到周圍人們的支持，應該會成為善良的王吧。

即使被靈神人劍選中，也很合情合理。

「我有點不太明白，伊凡斯瑪那是祢的權能吧？既然歷代聖王都如此盡心盡力，祢應該不會不配作為主神吧？。」

「……那是過去的事了。如今我的內心，與伊凡斯瑪那處於不一致的狀態。不，就連與這雙神眼之間也有隔閡。」

祝聖天主艾菲看似心裡難受地說：

「現任聖王雷布拉哈爾德，是靈神人劍所選之人。我的神眼也能清楚看見他正堂堂正正地走在虹路上的模樣。我的秩序顯示他確實走在正道上，然而──」

艾菲將手輕輕地放在自己的胸口。

「我的內心對於他的正義感到忐忑不安。」

米夏連續眨了兩次眼。

接著她詢問：

「艾菲，祢認為聖王哪裡做錯了呢？」

艾菲緩緩地搖了搖頭。

「我沒有任何根據。雷布拉哈爾德與歐爾多夫相同，皆為了海馮利亞鞠躬盡瘁。儘管我嘗試尋找這股不安感的原因，他一次也未曾被私利與私慾吞噬。純粹只是一心一意地追求正道，然後向前邁進。」

雖然他對於紀律本身很嚴格，卻並非不講道義。

縱然米里狄亞世界稍微被他盯上，大部份的原因也是與泡沫世界有關吧。

他最終也認同米里狄亞加入聖上六學院了。

「因此，問題僅在於我的內心。」

艾菲說道：

「主神的秩序與內心相互衝突，本來是無法容許的情況。毫無根據地否定自己選出的王，這麼做並非正道。」

她靜靜地垂下目光。

「行正道者予以祝福，即海馮利亞的秩序。倘若身為主神的我持續否定虹路，最終將使得這個世界的秩序一併出現扭曲。」

米夏與莎夏的表情變得凝重。

「我——可能已經開始崩壞了。」

「祢想見歐爾多夫一面，然後確認是否如此嗎？」

對於米夏的詢問，艾菲點點頭。

「歐爾多夫在位時是一位出色的聖王，毋庸置疑是海馮利亞的英雄。要是我現在以這雙神眼觀察他，然後感覺到他的正義有誤，即可明白我已經崩壞的事實。」

「倘若感覺他無誤呢？」

艾菲沉默不語。

接著，思考了一陣子之後，祂這麼說：

「……難以想像會有這種事。因為靈神人劍選擇了雷布拉哈爾德。因此我才想要詢問歐爾多夫，自己應該如何是好。」

歐爾多夫作為過去統治海馮利亞的聖王，大概得到了祝聖天主的全面信賴。祂的口吻就像在訴說，只要能與他見面，就必定能夠找到解決方法。

「巴爾扎隆德也說過兄長已經變了，這難道不是雷布拉哈爾德出現異狀了嗎？」

莎夏一提出疑問，米莎隨即便說：

「就算是這樣，也只是內心出現異狀，抑或是神眼出現異狀的差別而已。」

艾菲說祂能夠看見雷布拉哈爾德正堂堂正正地走在虹路上的模樣。如果那是錯誤的，情況大概更加嚴重。

虹路恐怕是聖劍世界的根基。倘若祂用來觀測虹路的神眼出錯，那麼秩序可能已經出現異狀也說不定。

「艾菲的異狀，是從何時開始的？」

米夏提出疑問。

「從現在算起來，大約一萬四千年前。」

祝聖天主以清靜的語調說：

「拔出伊凡斯瑪那的雷布拉哈爾德遺失劍身，同時回到了海馮利亞。儘管依據法律不得對於伊凡斯瑪那的事情保持緘默，無論遭到什麼人質問，他對於事情的經過都堅決閉口不談，就連對先王歐爾多夫也是如此。」

他總不能說自己拯救了災禍淵姬。

雷布拉哈爾德為了保護露娜・亞澤農而保持緘默的情景，並非難以想像。

「我並未問罪於雷布拉哈爾德。因為我看見他前進的方向，是散發出璀璨光輝的虹路。那之後過了不久，先王退位，雷布拉哈爾德即位。逐漸地，我的內心與我的秩序開始出現不一致。」

「雷布拉哈爾德是即位之後，性格才出現變化的嗎？」

米莎問道。

「因為在即位的同時，他的部下全員遭到虐殺了。」

米夏睜大雙眼，顯得十分驚訝。

「……為什麼？」

「雖然我並未追究，仍有人曲解其涵意。」

「既然看得見虹路，主神就不能親自出手。因此祢認為由自己背負罪名並接受懲罰，才是正確的嗎？」

艾菲點點頭。

「他的部下也因保密不說，而遭到報復。」

在海馮利亞遵從良心與理性被視為美德。

然而過於極端的正義，也不是什麼好事。

「犯人堂堂正正地報上了名號。雖然有很多人希望對他們處以極刑，雷布拉哈爾德卻予以勸阻。他作為聖王，做了正確的事。」

艾菲的眼神變得略為憂愁說：

「從那之後他就變了。為了更加正直地制定所有人都應該遵守的嚴格法規，並且相信那麼做即為正義。」

祂的話音帶有悲傷，小小聲地說：

「雷布拉哈爾德或許認為是自己違背了法規，才會因此失去部下。所以才相信法規即為正義嗎？或許就連拯救了露娜．亞澤農這件事，他可能也在後悔。」

「如果發生了那種事，那麼就難怪了。」

莎夏說完，在她身旁的米夏隨即點點頭。

「而且也不覺得是離譜的錯誤……」

莎夏話音未落，露出像是注意到什麼事一樣的表情。

「怎麼了嗎？」

「……覺得有點奇怪……大約在一萬四千年前雷布拉哈爾德即位，然後發生了那個事件，艾菲因此開始逐漸感覺到他的情況有些不對勁，沒錯吧？」

祝聖天主點點頭。

「歐爾多夫不是偶爾會回來海馮利亞嗎？」

「由於海馮利亞處於和平狀態，我幾乎所有時間都在搭乘聖船艾露托菲烏絲進行遠征。

其目的之一，是為了擴張帕布羅赫塔拉的領海，並且邀請小世界加入學院同盟。」

「那是雷布拉哈爾德的計畫嗎？」

「是的。因為他的理想，是只要銀水聖海的小世界全部加入帕布羅赫塔拉，即可更有效地實踐正義。」

至少紛爭本身會減少吧。即使出現衝突，也能夠在銀水序列戰的規則中分出勝負。

不過要「全部」加入，還真是遠大的目標呢。

可是，這會是偶然嗎？

身為兒子的巴爾扎隆德以及主神的艾菲——與歐爾多夫親近之人，感覺都被刻意地從歐爾多夫身邊支開了……？

「那麼，聽說歐爾多夫的船沒有設置通訊魔法具，這也是真的吧？」

「海馮利亞的界間通訊，全部都透過我所祝福的魔法具來進行。其中並沒有與歐爾多夫進行通訊的物品。」

莎夏將手放在頭上沉思。

「……那麼，其他有可能的……」

「從其他世界取得的魔法具嗎？」

艾菲點點頭。

「我有一個頭緒。由於海馮利亞與鍛冶世界巴迪魯亞締結友好條約，這個銀泡裡存在巴迪魯亞的自治領。」

祝聖天主畫出魔法陣，並且在上頭顯示地圖。

「巴迪魯亞鐵火島——巴迪魯亞的界間通訊魔法具即位在這個地方。基於盟約限制，我未經許可不得進入，不過——」

「如果是我們，就能夠潛入吧。」

祝聖天主點頭肯定米莎的話。

「祢詢問過雷布拉哈爾德，能否與歐爾多夫通訊嗎？」

米夏提出疑問。

「他說災人伊薩克的目標是歐爾多夫，因此希望能將先王的事情交由自己來負責；而我則必須為伊威澤諾的接近做準備。」

這句話也可以理解為確實有通訊手段。然而，有理由要特地使用巴迪魯亞的魔法具嗎？

「我明白了。反正我們的魔王大人本來就在找歐爾多夫，只要那時再轉達祢的事情就好了吧？」

「感激不盡。十萬火急的此刻，我難以在檯面上提供助力，我就至少授予各位突破困境的祝福魔法吧。」

米夏微歪著頭問：

「……祝福魔法？」

代替回答，艾菲張開彩虹的翅膀。

才剛發光，極為耀眼的光芒立即照耀莎夏等人，並且為每個人施予了祝福。

§26 【生銹的原因】

加倫澤斯特狩獵宮殿，大鏡大廳——

關於伊薩克討伐作戰，聖王雷布拉哈爾德正在進行說明。

「——可是，即使順利引出災人，撤退至海馮利亞也極為困難。只要船在銀海上遭到破壞，我方就等同於無法移動，沒辦法在速度方面與災人對抗。先王也在從伊威澤諾的撤退戰中蒙受到巨大的損害。」

侯爵加倫澤斯特恭敬地側耳傾聽。

「因此，盡可能地讓伊威澤諾靠近，等待其與海馮利亞之間的距離縮小至必定能夠成功撤退的程度，再開始行動。」

「然而只要失敗一次，與伊威澤諾之間的衝突將會無法避免吧？」

「正因如此，才更容易引出幻獸。畢竟只要錯過這個時機，就沒有機會能夠吃到餌食靈杯了。」

「縱使能夠引出幻獸與幻魔族，伊薩克會對雜魚感興趣嗎？」

對於我的疑問，雷布拉哈爾德如此回答：

「即使災人不出來，只要能夠將幻獸引誘至海馮利亞，就有祝聖天主坐鎮。其權能聖艾洛皮安內斯的祝福原本是基於同意，用來迎接其他世界的居民進入海馮利亞的力量，不過那股力量用在野獸身上十分有效。」

「也就是說，能夠未經同意將其轉化為海馮利亞的居民嗎？」

雷布拉哈爾德點點頭。

「那是自渴望解放，回歸為人的祝福喔。那群野獸擁有同伴中招就會成群攻過來的習性，即使是災人也不例外。」

「習性？要是同胞的尊嚴遭到踐踏，我覺得那是理所當然的事啊。假如狩獵貴族被變成餌食靈杯，你們也會去救人吧？」

「我認為我們正因為擁有克制自我的理性，才會是人。成為餌食靈杯的狩獵貴族，也不會樂見海馮利亞為了自己而犧牲。」

雷布拉哈爾德流暢地說明：

「我沒有說要祝福野獸喔。只是讓他們那麼以為，並且無法抑制渴望地追過來而已。」

「那可就不一定了吧？」

假如不追過來，恐怕就沒有理由不對這個男人那麼做了。

「那麼，聖王陛下，本人前去進行準備。」

加倫澤斯特侯爵使用固定魔法陣，當場轉移離去。

「元首阿諾斯，我也能夠理解你的見解。對於你希望減少雙方損害的心情，我也深有同感。可是，我不能將他們的尊嚴與這個聖劍世界放在天平上衡量。」

「簡單來說，只要阻止伊威澤諾就可以了吧？」

我如此宣告後，調轉腳步。

亞露卡娜跟在我的身後。

「有什麼方法嗎？」

「直接去質問伊薩克。因為我剛好有想要了解的事情。」

我站上固定魔法陣並送出魔力。

「我不認為他會回答。」

「到時再以強硬手段予以阻止。要是伊威澤諾停下來，你就撤軍。」

聖王短暫思考一會兒並且說：

「如果野獸們也中止行動，就沒有爭鬥的理由。」

「你先記住一件事。」

我啟動轉移的固定魔法陣，同時說：

「所謂的祝福，並不是單方面強迫別人收下的東西。」

那傢伙一臉嚴肅地回應：

「我會銘記在心。」

我和亞露卡娜當場轉移而去。

來到碼頭，我和亞露卡娜立即飛上天空，筆直地朝黑穹上升。我牽著亞露卡娜的手，使用「掌握魔手」來到銀泡外面。

一張開魔法障壁隔絕銀水後，便直接朝伊威澤諾的方位飛去。

「大家沒事吧？」

「可以看到嘍。只要有銀燈軌道，就能接上魔法線。」

到途中為止，巴迪魯亞與伊威澤諾位在相同的方位上。魔王列車自巴迪魯亞出發即沿路鋪設軌道，如今我們正飛行在那條軌道上方。

經由與軌道相連的「魔王軍」魔法線共有視野。

出現在眼前的是——虹水湖。

雷伊等人行走在幻想般的湖畔，其上方架著虹橋。

走在前頭負責帶路的是詩露可。她並不急著趕路，而是一面悠閒地走著，時不時停下來豎耳聆聽潺潺水聲。才剛那麼做完，她又再次邁開步伐，如此反覆。

「詩露可，沒有時間繼續悠哉下去了，沒辦法快一點嗎？」

巴爾扎隆德焦急地說。

「要重鑄靈神人劍，水質至關重要。同樣一座虹水湖，不同地點的水質也可能完全不同，因此需要花費一些時間探勘喔。」

「還是拜託妳想點辦法。已經過了午夜，距離災人來到海馮利亞僅剩兩天。」

災人是昨日傍晚來到帕布羅赫塔拉，而現在已是深夜。

雖然伊薩克說他會等三天，不見得會親切地等到傍晚。正如巴爾扎隆德所說，想成只剩兩天的餘裕大概會比較好。

「有些事情想點辦法就能達成，有些事情是無論如何都辦不到。既然話都說到這個分上了，就由你來告訴我水質優良的地點吧。」

「假如我知道，就不會如此煞費苦心了。」

她看起來不服地噘起嘴巴。

「請不必在意。因為主君已經啟程前往伊威澤諾了。」

辛若無其事地說。

「……咦？話說那樣反而沒問題嗎？」

「畢竟不得不擔心災人伊薩克。」

他如此斷言。雖然詩露可的反應看起來很困惑，或許轉念覺得多想無益，不久後又再次邁步向前。

在湖的周圍持續探勘一個小時後，詩露可的耳朵抽動一下，有了反應。

她立即進入淺灘，用手掬起該處的湖水。

再次將水倒回湖中，然後豎耳聆聽水與水面接觸的聲音。

「找到了。」

詩露可繼續往深處前進，湖水淹到她的腰部。

她畫出魔法陣，並且從中取出白輝槌維澤爾翰。

「嘿咻！」

詩露可用兩手將白輝槌維澤爾翰高舉至上段，高高地躍起。她對著水面揮下，聖槌將湖水分隔開來，然後擊碎了水底。

於是被擊碎的大地逐漸變形，並且創造出立方體的小屋，先後長出兩根煙囪。

被分隔的湖水恢復原狀，遮蓋住建築物，只有兩根煙囪稍微露出水面。

「作業就在這裡面進行，進去吧。」

詩露可從其中一根煙囪進入內部。

雷伊等人也跟隨其後，然後進入小屋。被創建出來的似乎只有箱型建築本身，室內什麼都沒有。

詩露可在地上畫出魔法陣。

「『收納工房』。」

魔法陣突然冒出被收納起來的工房設備。巴迪魯亞的洞窟裡有的道具與魔劍，全部按照相似的模樣被設置在小屋中。

「那麼，是叫做雷伊……對吧？你是聖劍的使用者，能不能由你來協助我？」

「好的。」

「把海馮利亞的魔力石炭全部放進那裡的鐵火爐。要慢慢地放喔。」

雷伊用魔眼看向石炭放置區。

陳列著的石炭似乎來自不同產地，其釋放出的魔力有些微的差異。他從中挑選出海馮利亞的魔力石炭後，便陸續放進鐵火爐裡。

在這段期間，詩露可正在調整十幾根的管線。

她豎耳聆聽，同時打開一個管線閥門。隨後虹水湖的水流淌而出，逐漸積蓄在水桶裡。

她繼續打開剩餘管線的閥門。

就只是入水口不同而已，仍舊是湖水流入水桶中。

詩露可豎耳傾聽水流的聲音，同時進行細微的調整。

接著，水面開始發出七彩且閃耀的光。

「……有點太多了……」

詩露可如此喃喃自語，並且轉緊閥門。

水面的光從七色變為僅剩三色——紅、綠、藍。

「好。」

她將手中的聖槌轉了轉，讓自己的魔力消失。

「白輝槌，祕奧之二——」

維澤爾翰持續旋轉，將光與水攪拌在一起。

「——『攪拌錬水』。」

沒有濺起一漂水花，持續攪拌著光與水。

反射出閃耀光芒的三色相互混合，並且變成了白光。

「雷伊，完成了嗎？」

「這樣就可以了嗎？」

詩露可凝視擺在鐵火爐中的魔力石炭。

「完美。」

詩露可如此說道，同時讓魔力消失，然後舉起白輝槌。

「白輝槌，祕奧之一——」

將維澤爾翰全力砸向魔力石炭。

「——『打炭錬火』。」

鏗、鏗鏗鏗——一塊魔力石炭碎裂四散的同時迅速地燃燒，並且延燒至其他石炭。

再繼續連帶火焰針對石炭敲打一次、兩次之後，火焰彷彿經過鍛打一般，轉眼間火力不斷地增強。

呼——她吐了口氣轉向雷伊。

「重鑄的流程很簡單。首先將聖劍放入鐵火爐，劍會與錬火發生反應而變得通紅。用維澤爾翰敲擊光輝的銹蝕，再放入錬水補充失去的魔力，然後再次放入鐵火爐。如此不斷反覆，最後再使用亞澤農的爪子進行收尾。」

「我的工作呢？」

「敲出銹蝕的時候，希望你能幫我壓住靈神人劍。大概是接觸到過多相反的魔力，才會使得折斷的靈神人劍無法完全淨化，累積了銹蝕。只要將其敲擊出來，被封印的力量就會迅速恢復。」

儘管雷伊面帶微笑，卻默不作聲。兩千年前，靈神人劍究竟砍了些什麼東西——他應該有頭緒吧。

「那個……感覺會有點棘手呢。」

他露出認真的神情面對靈神人劍。

「要開始嘍。」

雷伊點點頭，將靈神人劍交給詩露可。

她收下了劍。

不知道是鐵火人的身分，還是厚實手套的特性，會選擇持有者的靈神人劍並未對詩露可展露敵意。

詩露可將伊凡斯瑪那放入鐵火爐。經過鍊火加熱，聖劍逐漸變得通紅。詩露可快速地將其放置於鐵砧上，並將劍柄轉向雷伊的方向。

他用雙手將其壓住，詩露可揮下白輝槌。

轉瞬間，伊凡斯瑪那開始發出喀答喀答的聲響掙扎著，劃破雷伊的雙手。飛散的黑色火花化為粒子迅速地迸射而出。

「……啥……？」

詩露可被炸飛至後方。

狂暴的黑色火花輕易地貫通巴爾扎隆德架設的結界，在鍛冶工房穿出無數顆洞，湖水迅速湧了進來。

「沒事吧？」

辛抱住詩露可的肩膀。

「……還要更細緻……」

彷彿沒聽見辛的話一般，詩露可立即邁出步伐，用聖槌將工房的地板砸裂。

由於這個舉動，工房裡的洞被迅速堵起，積水也排了出去。

她再次將白輝槌砸向靈神人劍。

不過這次只有金屬聲響起。

「……不對……還要更深……」

詩露可就像在反覆進行試驗一樣，不斷地用聖槌敲打靈神人劍。

「巴爾扎隆德。」

從煙囪傳來話音。

米夏突然探出頭來。

「現在方便嗎？」

巴爾扎隆德起飛，經由煙囪來到外面。

莎夏與米莎也在那裡。

「知道先王的位置了嗎？」

「還沒。線索有可能在巴迪魯亞鐵火島。」

米夏淡淡地說，同時莎夏接著開口說：

「我們聽說只有鐵火人才能進入，能不能向蓓拉彌取得許可呢？」

「……鐵火島是巴迪魯亞的自治領。元首蓓拉彌是先王的戰友，即使插了一腳也不足為奇，可是這樣一來，她應該不會讓我們進入吧。」

「反過來說，只要被拒絕不就代表有可疑之處嗎？」

米莎這麼說完，巴爾扎隆德便點了點頭。

「確實……是如此沒錯，但是……」

此時，米夏就像察覺到什麼一樣，抬頭仰望天空。狀似刺蝟的工房飛行於黑暗之中，那是巴迪魯亞的船隻。

「來了。」

「問題在於，如何提出要求才最有效……」

『啊～米夏妹妹，妳在嗎？』

艾蓮歐諾露傳來「意念通訊」。

她現在正坐在巴迪魯亞的工房船上。米夏讓全員都能聽見對話內容。

「我在。有什麼事嗎？」

『啊，嗯。潔西雅撒嬌，說要順便跑去參觀巴迪魯亞的某某島，可是現在沒空做那種事吧？而且還會造成當地人的困擾。』

『沒關係啦。反正武器也還沒完工，對吧？』

『奶奶和……潔西雅……是……好朋友……』

『安妮斯歐娜也是好朋友喲！』

『哦～是啊，是好朋友呢。啊～饒了我吧，兩人一起坐上來的話，奶奶的腿上就客滿了啦。喏，出現了。那個就是接下來要去的奶奶的島喔。』

聽見至今為止從未聽過的寵愛語調，米夏等人面面相覷。

「……這個聲音是誰啊？」

巴爾扎隆德皺起眉頭困惑地說。

§27 【餌食靈杯】

銀海——在鋪設於銀海的銀燈軌道上方，我和亞露卡娜正以肉身狀態飛行。

位於海馮利亞的雷伊與米夏等人，目前沒有發生太大的問題。雖然尚未掌握到有關歐爾多夫的線索，只能先去一趟鐵火島看看了。

透過銀燈軌道相連的魔法線與界內通訊一樣會發生時差與限制，不過應該還在可以容許的範圍。

「哥哥。」

亞露卡娜就像突然注意到什麼一樣說：

「接下來要前往的伊威澤諾，那個方位應該沒有軌道吧？」

「沒問題。」

我在二律劍附加「掌握魔手」，同時揮出劍刃。

伴隨著黃昏的劍閃，銀燈軌道被切分成三條。

一條是前往聖劍世界海馮利亞的軌道。

一條是前往鍛冶世界巴迪魯亞的軌道。

最後一條是沒有設定目的地的短軌道。藉由「掌握魔手」的增幅效果，那條軌道轉眼間不斷朝頭尾兩端的方向延伸。

三條軌道相互連接，形成三叉路。

我繼續揮動附有「掌握魔手」的二律劍，一面向前飛行之後，銀燈軌道隨即快速地向前延伸。

災淵世界伊威澤諾就在那個方位。

「要和災難之子談些什麼呢？」

「我想知道他為何要移動伊威澤諾。」

「他說要是不將歐爾多夫帶到伊威澤諾，就會毀滅海馮利亞。難道不是想要證明那不是虛張聲勢嗎？」

那種可能性很高，但是——

「說不定與他和歐爾多夫之間的誓約有關。」

假如鐵火島也沒有任何線索，差不多就要無計可施了。

有關誓約的內容，向另一名當事人確認可能還比較快。

「他會老實地告訴我們嗎？」

「誰知道呢，得先問問看才行吧。」

他看起來不像是有利可圖就會開口的男人。

要是成功引起他的興致，或許還有機會嗎？倘若災人拒絕對話，正如之前對雷布拉哈爾德作出的宣言，除了採取強硬手段阻止伊威澤諾之外別無他法。

即使要那麼做，也有必要查明移動的原理。

已經沒剩多少時間了。我盡可能地趕路，飛過銀燈軌道的上空。

最終，當小世界即將進入黎明時，海馮利亞的偵查船出現在視野的角落。或許是注意到我們了，那艘船悠然地轉向。

『我是海馮利亞狩獵義塾院的雷格海姆侯爵，已確認帕布羅赫塔拉的校徽，請教您的隸屬單位與目的。』

侯爵嗎？似乎是五聖爵的其中一人。

部署在伊威澤諾領海附近的單位，果然都不是省油的燈嗎？

「我是轉生世界米里狄亞的元首阿諾斯·波魯迪戈烏多。」

『……已收到聖王陛下的通知。你真的打算和那個災人對話嗎？只要進入伊威澤諾，就不保證能夠活著回來喔。』

「無須擔心。你才是，可不要不小心進入伊威澤諾的領海嘍。要是幻獸們察覺到餌食靈杯而飛出來，我可幫不了你。」

毫不減速地一口氣通過該處後，「意念通訊」因為距離拉開而遭到切斷。

眼前出現黑而混濁的銀水。

我們毫不遲疑地飛入其中，朝著前方的銀泡前進。雖然視野並不好，繼續飛往中心處後，隨即於前方出現厚實的暗雲。

那是包覆著災淵世界的結界。

倘若是第一次見到，還會有點吃力，然而以前進入的時候就已經知曉弱點。

「『掌握魔手』。」

我將二律劍刺入以前通過的那片暗雲並反覆攪拌。厚實的暗雲捲起漩渦，其中心處出現了洞口。

微微地露出銀燈的亮光。

揮動二律劍將銀燈軌道與災淵世界連接在一起之後，我再使用「掌握魔手」的右手成功入侵至內部。

在黑穹中降低高度後，可以看見天空。

雖然已經到了太陽升起的時間，雨雲覆蓋了一切。氣溫遠比以前來的時候更低，而且下著暴雨。

下方能夠看見巨大的水潭——「渴望災淵」正處於凍結狀態。

本來應該流入該處的雨滴蓄積在冰床上，因寒氣而冷卻、變成冰塊。傾瀉而下的雨水在「渴望災淵」的上方結凍，形成巨大的冰柱。

轟、轟轟轟轟——地鳴響起，地面開始劇烈震動。

冰柱發出嘎拉嘎拉的聲響崩落，形成冰河流向下流動。

頃刻之間，樹木群與建築物陸續被其沖垮。

「明明主神和元首已經醒來了，為什麼會如此地不安定呢？」

亞露卡娜悲傷地凝視災淵世界的慘狀。

就在此時——

「——任何東西都能以妳的基準來衡量嗎？」

這片空域中的雨瞬間結凍，並且化為冰雹。

亞露卡娜抬頭向上看，災人伊薩克正飄浮於該處。

「既然有只在汙泥中才能活著的魚，就會有只在混亂的世界中才能維持自我的野獸。」

唔嗯。

「也就是說，這是伊威澤諾的正常狀態嗎？」

我用魔眼看向「渴望災淵」。

「聽說你要是繼續沉睡，伊威澤諾的居民就會失去理性、被渴望所支配，為了預防那種事情發生，所以凍結了『渴望災淵』。」

傾瀉於此的雨滴，是人們被「渴望災淵」所吸引的渴望。應該是透過災人伊薩克的秩序讓其凍結，以減輕「渴望災淵」所造成的影響。

「它是自己結凍的喔。」

災人緩緩地降下，來到能夠與我平行對視的高度。

「我愛怎麼做就怎麼做。這裡的人們愛待在這裡就待在這裡，僅此而已。」

自己結凍這種說法，姑且不算謊言吧。

這個男人有半身是主神。其為這個世界帶來的秩序，並不是能夠控制的東西。

「歐爾多夫呢？」

彷彿切入正題般，災人投來問題。

「很不巧，我可不是海馮利亞的居民喔。」

嘖——伊薩克咂嘴一聲。

「你和歐爾多夫締結了什麼樣的誓約？」

「我沒有義務說明。」

伊薩克狠狠地丟下這句話。

「之所以移動伊威澤諾，與那個誓約有關嗎？」

「關你什麼事？」

那傢伙的魔眼露出殺氣、發出凶光，寒氣集結在右臂上。

亞露卡娜立即擺出警戒的架勢。

一觸即發的氣氛當中，我進一步提問：

「歐爾多夫為何將凍結中的你藏匿在海馮利亞？」

那雙閃爍著凶光的魔眼蘊含的殺氣消失，同時露出其他感情。

那是名為「興致」的感情。

「…………」

災人一言不發地瞪著我。

經過數秒後，那傢伙露出獠牙微微笑了笑。

「跟上來。」

災人畫出「轉移」的魔法陣。

我和亞露卡娜構築與其相同術式的魔法陣，同時進行轉移。

視野染成純白一片，下一瞬間一間雜亂地放置許多椅子的房間出現。

外牆上設置著水幕，上頭正在放映外面的景物。

能看見利用雷貝龍傑爾多努拉的貝殼所建造而成的幻獸機關研究塔。

這是在伊威澤諾的船隻內部嗎？

似乎正漂浮在「渴望深淵」中。這也意味著，因災人的秩序而凍結的部分，僅限於水面而已。

「災人先生？」

似曾相識的話音傳來。

乘坐在輪椅上的女人來到房間裡頭，她是毀滅獅子娜嘉・亞澤農。她一看到我的臉，立即啞口無言。

「還以為你突然外出，沒想到……」

她彷彿在面對不速之客一般的態度說：

「這究竟是怎麼一回事呢？」

「在外面偶然遇到，就當作是消遣。」

聽到災人的回答，娜嘉愣住。

「……我不覺得那是偶然喔。阿諾斯可能會成為敵人——我、波邦加和珂絲特莉亞明明已經再三忠告，你卻什麼都沒聽進去。明明再過兩天就要與海馮利亞全面開戰了，災人先生，你到底想要做什麼？」

伊薩克將兩把椅子丟了過來。

「嘰嘰喳喳的，吵死了。」

「坐下。」

那傢伙抓住一把椅子，將椅背轉至前方之後再坐上去。

我和亞露卡娜也跟著就座。

「這艘船還不賴。」

「這隻是我們這裡最大的災龜。即使和獵人們的船相撞，也絲毫不會晃動。」

大概是為了與海馮利亞一戰而準備的吧。

娜嘉就像突然感到疲憊一般嘆了一口氣。

「……你要負起責任將他拉攏入夥，不然就要清理掉喔……」

就像要限縮我的選項一樣，她如此說道。

不過照這樣看來，伊薩克的心證才是一切吧。只要這個男人沒有將對方視為敵人，即使再怎麼不利，也不會挽留對方。

「你知道餌食靈杯嗎？」

「是指為了讓幻獸取得肉體，缺乏渴望的種族吧？」

就像海馮利亞的狩獵貴族。

他們天生擁有強大的理性且缺乏渴望，適合當作幻獸的容器。

因此，那成為了伊威澤諾與海馮利亞爭鬥的契機，而且持續不斷到今日。

「沒有野獸能夠反抗食慾。幻獸（那些傢伙）一直都餓著肚子。一旦快要餓壞了，就會離開地盤，出去尋找獵物。」

災人說：

「我們的秩序就是那樣。這顆銀泡是一頭野獸喔。」

「你的意思是，伊威澤諾本身會像擁有幻獸本能一樣的行為？」

「你的腦筋轉得滿快的呢。」

伊薩克露出凶猛的笑容說：

「伊威澤諾會移動，是因為肚子餓了，情不自禁地想要吃掉海馮利亞啊。」

§ 28 【等待之人不會到來】

災淵世界是為了吃掉聖劍世界而開始移動嗎……？

「假如海馮利亞是餌食靈杯，伊威澤諾吃掉它就能夠取得肉體嗎？」

「誰知道。」

伊薩克露出獠牙說：

「又沒吃過。」

雖然幻獸沒有肉體，伊威澤諾本身即以銀泡的形態明確存在。

要是取得肉體，會發生什麼事呢？考慮到幻獸會奪取餌食靈杯的身體，海馮利亞至少會被伊威澤諾吸收吧。

恐怕還會喪失自己的秩序。

「在我睡著之前，災淵世界出現了預兆。」

災人開始敘述：

「聖王歐爾多夫注意到了那個，並且率領雜貨工房和狩獵義塾院來到災淵世界。雖然還沒開始移動，好像只有長年以來持續狩獵幻獸的那個大笨蛋意識到，伊威澤諾的反應和面對餌食靈杯的幻獸一樣。」

歐爾多夫對於幻獸與幻魔族的洞察力應該非常優越。

雖然不知是否連伊威澤諾會吃掉海馮利亞這件事都一併看穿，他至少感覺到了它開始移動的氣息。

因此他才及早採取了對策。

「歐爾多夫做了什麼？」

「在伊威澤諾什麼事都做不了。毫無防備地跑來，然後被我擊潰。部隊連調查伊威澤諾都做不到就撤退了。」

假如就那麼結束，災人應該不會進入沉睡才對。

「可是，那些傢伙沒有逃回海馮利亞，而是在銀泡外面布陣，打算讓祝聖天主艾菲對伊威澤諾施加祝福。」

對災淵世界本身施加祝福嗎……？

「是聖艾洛皮安內斯的祝福嗎？」

「聽說對災淵世界很有效喔。」

娜嘉曾經說過呢。

讓可恨的災淵世界走上正道，即為海馮利亞的主張。

「也就是說，受到祝福的災淵世界伊威澤諾會被海馮利亞的秩序給取代。簡單來說，就是伊威澤諾會消失，成為其中一個隸屬於海馮利亞的銀泡。」

伊威澤諾失去渴望，也無須再擔心他們會吃掉海馮利亞。

「他猜測只要那麼做，伊威澤諾就會停下來。」

「雖然他好像沒有確切的證據就是了。應該只有那個方法了吧。」

在調查伊威澤諾之前就被災人擊退了，因此也難怪。

「然後那個方法也失敗了。要對整個災淵世界施加祝福，最少也要一天一夜的時間。」

在伊威澤諾的領海中持續如此長時間的祝福，一定相當困難。

如果那麼容易做到，兩個世界間的爭鬥老早就分出勝負了。

「我們把布陣於領海的獵人部隊擊潰，同時追擊逃走的傢伙們。經過三天三夜的追擊後，海馮利亞出現在眼前。獵人們已經滿目瘡痍，鐵火人也無法戰鬥，那些傢伙的世界眼看就要結束了。」

災人就像回想起來般咯咯咯笑著，然後說：

「直到歐爾多夫說出有趣的話。」

「哦？」

「真的很蠢。畢竟那傢伙是個大笨蛋啊。我接受他的提議，提出條件說：『要是你沒有履行約定，我就做完後續的事情。』然後就去睡覺了。」

由於伊薩克進入沉睡，伊威澤諾的秩序隨之弱化，想吃海馮利亞的渴望也消失了吧。

因此直到災人醒來為止，伊威澤諾未曾再次表現出移動的意圖。

「所謂的約定是指什麼？」

「想要聽的話，就給我把歐爾多夫帶來。」

只有那件事不打算說——伊薩克就像如此表態一樣地說。

「唔嗯。那麼，先將那件事擱在一旁。」

災人的視線貫穿如此說著的我。

「還有其他事啊？」

「比歐爾多夫還要更早以前的事。說到底，你們為何要與海馮利亞爭鬥呢？」
伊薩克倦怠地撥起蒼藍的頭髮。
「麻煩死了。把討厭的傢伙痛扁一頓需要理由嗎？」
彷彿在說已經厭倦了這種對答一般，伊薩克回答得相當敷衍。
「如果只是單純的打架，不需要剝奪彼此的性命。」
「該死的時候，就會死吧？」
「你的友人和同胞也一樣。」
那傢伙抬起頭來。
他什麼也沒說，只是目不轉睛地向我投來凶猛的視線。
「如果知道那股空虛感，不是應該要放下拳頭嗎？」
我向身為伊威澤諾的主神兼元首的男人說：
「不會結束喔。悲劇會持續不斷地重演。」
「幻獸吃掉狩獵貴族。」
災人說道。
他的魔眼顯得比剛才還要冷酷。
「狩獵貴族狩獵野獸。我們是捕食者，那些傢伙是獵人。這份渴望一直都在說——吃了獵物。」
「不吃就沒辦法生存嗎？」

我問他。

「假如需要餌食靈杯的替代品，只須準備就好。」

「吃肉是為了生存嗎？」

災人反問。

那傢伙露出凶猛的笑容說：

「是因為好吃才吃吧？」

我的視線與那傢伙的視線相互衝突，靜靜地噴濺出火花。

「幻獸本來就是渴望的集合體，即使沒有取得肉體也不會死。幻魔族也不是吃掉狩獵貴族們的身體。說到底，飢餓的根本就不是肉體啊。」

災人用食指戳了戳自己的頭。

「我們真正飢渴的，是這裡。」

巴爾扎隆德等人稱呼伊威澤諾的居民為野獸的理由，也就可以理解了。

不過，還真是想不通呢。

「你看起來沒有那麼地不理性。」

災人稍微睜大雙眼，忍不住發出咯咯笑聲。

「這傢伙不說謊就活不下去。」

伊薩克指著娜嘉。

「珂絲特莉亞的嫉妒心很重，波邦加的執著心很強。」

他重新轉向我。

「這裡的人們，從以前就有某些地方不太對勁。也許問題出在關鍵的主神和元首壞掉的腦袋上吧。」

他咯咯咯地笑著說：

「有什麼關係呢？想做的事，就儘管按自己的意思做就好。腦袋壞掉又如何，好極了。想說謊就說謊，想嫉妒就嫉妒；想執著於什麼，做就對了。如果因此而暴屍荒野，那不就實現夙願了嗎？偽裝自己、平安無事地過生活，可不能說是活著啊。」

伊薩克以激烈的話語肯定毀滅獅子們的渴望。

即使這種行為會導致悲劇，也要滿足自己的欲望，他們的生命就是如此。不容許放棄滿足欲望，只是單純地活著。災人確實就是這個災淵世界的主人吧。

「海馮利亞那幫人剛好相反。抵抗本能、相信良心、維持理性，在虹路上筆直前進。那些傢伙致力於正義，但是太過理性也會做出瘋狂的事情。」

災人維持雙手放在椅背上的姿勢，紋風不動地緊盯著我。

「那些傢伙生來為了正確而瘋狂，我們則是生來為了渴望而瘋狂，彼此都只是在做自己想做的事情而已。儘管如此，海馮利亞卻不那麼想。那些傢伙打著正義的旗幟進行狩獵，還口口聲聲用『瘋狂的野獸』來稱呼我們。」

伊薩克就像唾棄一般說：

「那副嘴臉就像在說——只要沿著虹路前進，就只有我們才是正確的。」

在海馮利亞，虹路是狩獵貴族的良心具現化的結果，被視為正道。

他們無論何時都會鼓起勇氣走上那條道路。狩獵伊威澤諾的野獸時，狩獵貴族們的眼睛或許能夠看見虹路吧。

相信自己絕對正確，並且持續進行狩獵。

當初就連巴爾扎隆德也是如此。一旦知曉我是亞澤農的毀滅獅子，就放棄對話，打算狩獵我。無論擁有什麼樣的渴望，只要被判斷為伊威澤諾的野獸，就無須多言、立刻被殺死。

無罪之人也好，幼童也罷，結果應該不會有所不同。

「我看不慣，想要澈底擊潰——就只是那麼想而已。」

為何要與海馮利亞爭鬥？

現在他所說的，大概就是對於我問題的答覆。

「你打算毀滅主神與世界，奪取狩獵貴族的虹路嗎？」

伊薩克露出笑容。

「你的腦筋轉得很快嘛。」

順從渴望試圖吃掉獵人的伊威澤諾。

基於理性而狩獵野獸的海馮利亞。

兩個世界之間的鬥爭，果然有很深的淵源。

他們的理性與渴望相互否定彼此的本質。

然而過去災人曾經接受身為海馮利亞元首的聖王歐爾多夫的話語而進入長眠。

對話的契機確實曾經存在過。

「伊薩克——」

我問他：

「如果我說，我來讓你們的渴望維持原樣，找出與海馮利亞相爭以外的道路給你看——你覺得怎麼樣？」

災人哈的一聲，一笑置之。

「誰知道啊？」

彷彿不打算配合提議一般，他將臉別向一旁。

其視線前方有個水幕。

上頭正在放映伊威澤諾的天空。

被吸引而來的渴望成為豪雨，然後傾注而下。

伊薩克的魔眼正望向位於黑穹另一端的遙遠之處。

他正在等待締結誓約的舊友來訪——

給人如此的印象。

§29 【鐵火島】

巴迪魯亞鐵火島。

是漂浮在海馮利亞的海上，與聖劍世界締結同盟的巴迪魯亞自治領。現在，狀似刺蝟的工房船正停泊在島上的港口。

鏗鏗鏗——響起無數敲擊金屬的聲音。那是敲擊魔鋼的聲音。

在船內的工房中，魔女蓓拉彌正在重鑄潔西雅的聖劍焉哈雷。

「呼……」

蓓拉彌將護目鏡往上一拉，隨後將聖劍放入水桶。

「真是不想變老呢。以前的話，這點活兒明明只是小事一樁。」

蓓拉彌用魔眼看向聖劍側耳傾聽，一面這麼說。

「……奶奶……累了……嗎……？」

潔西雅小步地快速走上前，抬頭看向蓓拉彌。

「哎呀呀，是在擔心我嗎？真是好孩子啊。不要緊喔。別看奶奶這副德性，我的鍛造技術在巴迪魯亞可是最厲害的喔。」

為了讓潔西雅放心，她挺起胸膛如此自誇。

「……流了……很多……汗……不休息嗎……？」

蓓拉彌噗哧一笑，與潔西雅平行對視一般蹲了下來。

「潔西雅，聽好了喔？妳們是戰士。伊威澤諾的士兵過來時，會幫我們戰鬥吧？」

潔西雅點了點頭，雙手握拳。

「……交給……潔西雅……！」

蓓拉彌露齒笑道：

「我們鐵火人的戰場啊，是在戰鬥開始之前。妳們都要去前線了，我現在可不能休息啊。弟子們現在也在拚命地鍛造武器。」

正如蓓拉彌所說，敲擊魔鋼的聲音自工房船的各處傳來。

「因為只要能夠鍛造出夠好的武器，就會有更多同伴存活下來啊。」

蓓拉彌用力地摸了摸潔西雅的頭，把她的頭髮弄亂。

「喏，這個給妳。去島上看一看吧。」

蓓拉彌畫出魔法陣，接著取出鑰匙。大概有十幾把不同類型的鑰匙，全部都繫在金屬材質的輪環上。

「只要有這個，就哪裡都能進去喔。也就是探險遊戲啦。」

「探險遊戲……！」

潔西雅的眼睛閃閃發光。

「……幫奶奶……找寶藏……！」

「哦哦，謝謝妳啊。會找到什麼樣的東西呢？還真是期待啊。」

經她那麼一說，潔西雅轉身離開時的表情更加充滿幹勁。

「安妮……走吧……！」

「嗯！」

「啊啊，喂！不可以擅自離開喔！」

艾蓮歐諾露還來不及阻止，安妮斯歐娜和潔西雅就已經起飛，經由煙囪前往外面了。

「真是的……！」

「哈哈。妳就睜一隻眼，閉一隻眼吧。畢竟鐵火島沒有放什麼重要的東西，稍微探險一下沒關係啦。」

蓓拉彌向艾蓮歐諾露說。

「可是，難道沒有禁止進入的房間之類的嗎？」

「不要緊，大致上都已經轉移到這艘工房船上了喔。」

「這樣啊。」

「畢竟有聖劍世界與伊威澤諾相撞的風險嘛，得事先做好緊急情況下逃跑的準備啊。」

雖然狩獵貴族們無論如何都必須避免與伊威澤諾相撞，從蓓拉彌的角度來看，是不會與他們承受相同的命運吧。

假如用來與歐爾多夫通訊的魔法具確實存在，應該已經轉移到工房船上了。可是為了與伊威澤諾戰鬥，船上載著許多鐵火人。

搜索看來並不容易。

「那個……我聽阿諾斯弟弟說，蓓拉彌想要向歐爾多夫請求協助對吧？」

艾蓮歐諾露下定決心開口詢問。

蓓拉彌瞬間變得一臉嚴肅，隨後再次將視線轉向水桶。她窺探著聖劍的深淵說：

「嗯，是啊。雖然雷布拉哈爾德很優秀，經驗卻不如先王豐富。倘若兩人都在，或許就不用畏懼伊威澤諾了。」

「無法取得聯絡，是因為被聖王事先叮囑的緣故嗎？」

蓓拉彌從水桶取出聖劍，便將其放入灼熱的鐵火爐。

「是因為我根本就沒有與歐爾多夫的通訊手段。只要有那個，就可以私底下偷偷進行協調了……」

蓓拉彌豎耳傾聽火焰的聲音，同時窺探聖劍的深淵。

「啊啊。」

蓓拉彌就像突然注意到什麼一樣，抬起頭來。

「難道說，妳們以為我知道歐爾多夫的位置嗎？」

「我只是覺得，如果妳知道就太好了喔。」

艾蓮歐諾露倏地豎起食指。她的內心可能正感到緊張，擔心自己的想法被識破。

蓓拉彌彷彿看透她的心思般笑道：

「如果妳覺得我在說謊，這艘船就隨妳怎麼搜吧。」

那句話或許出乎她的意料，艾蓮歐諾露愣了一下。

「…………可以嗎……？」

「雖然確實有些事情不能說啦。反正活不過這場，也不會有未來了，對於託付性命的同伴說謊可沒意義喔。沒有了猜疑，就能夠下定決心吧？」

蓓拉彌感覺不像在說謊。

她至今為止的言行，徹頭徹尾都是在保護巴迪魯亞與其人民。都已經瞞著海馮利亞同意重鑄靈神人劍了，根本就沒有隱瞞與歐爾多夫通訊的理由。

「……真的可以嗎？」

「是啊，去吧。等妳回來的時候，妳的武器應該也完成了。」

蓓拉彌如此說著，將聖劍放置在鐵砧上，開始用大槌敲擊它。

艾蓮歐諾露低下頭行了一禮，使用「飛行」經由煙囪來到外面。米莎、米夏以及莎夏正在島上的港口待命，朝著飛在天空中的她揮手。

艾蓮歐諾露往那裡降落。

「剛才潔西雅她們往那裡的工房飛去了，是什麼情況啊？」

莎夏面露不解地提問。

「簡單來說，就是探險遊戲喔。」

「探險遊戲？」

米夏微歪著頭說。

「比起那個，蓓拉彌說她沒有和歐爾多夫通訊的手段喔。還說可以隨意搜索喔。」

「……儘管可能性很低，還是不得不確認呢……」

莎夏看向妹妹的臉龐，她則點了點頭。

「既然如此，我們試著去搜索船隻吧。」

米莎說。

「那麼，我去抓住潔西雅她們，順便察看這座島上的工房喔。」

艾蓮歐諾露揮了揮手，然後飛上天空。

她越過巨大的圍牆，在聳立於內側建築物的前方著陸。

看起來很堅固的門被打了開來。大概是潔西雅她們用鑰匙開鎖的吧。

「潔西雅，妳在哪裡？安妮妹妹？」

艾蓮歐諾露發送「意念通訊」。

『……很暗……的地方……！』

潔西雅的聲音傳了回來。

艾蓮歐諾露進入工房之中。附近已經有些昏暗，出現了向左右分開的岔路。繼續直走後，有個通往地下的樓梯。

這裡的鐵火人們應該都已經搭上工房船了，完全沒有人的氣息，四周鴉雀無聲。

「很暗的地方是指哪裡啊？地下嗎？」

『……不知……道……』

「嗯～？為什麼不知道？」

「……迷路……了……！」

「才沒過多久而已喔！」

艾蓮歐諾露忍不住大叫出聲。畢竟才剛出發就已經迷路了，她會這樣情有可原。

『……找……寶藏……！』

「先會合喔！聽到了嗎，是會合喔？」

艾蓮歐諾露面露困惑，同時開始追蹤潔西雅的魔力，走下階梯前往地下。

裡頭的路徑錯綜複雜，而且由於潔西雅處於移動狀態，遲遲無法會合。

艾蓮歐諾露囑咐潔西雅和安妮斯歐娜順便找一下通訊魔法具，自己也開始尋找。

在工房內到處走動，經過約一個小時後——

「……媽媽……」

潔西雅的聲音傳了過來。

能夠同時聽見「意念通訊」與實際的嗓音，距離很近了。

「潔西雅？妳在那裡嗎？」

「……救……命……」

艾蓮歐諾露聞言大驚失色。

「怎麼了！」

她剛如此叫道，就立即衝向聲音傳來的方向。穿過開著的門，潔西雅與安妮斯歐娜就在鐵柵欄的對面。

「……被關……起來了……！」

「……出不去了喲……」

兩人抓著鐵柵欄說。

「怎麼看都是沒上鎖喔！」

艾蓮歐諾露對著把自己關在牢獄中的兩人大聲叫道。

「真是的……」

她一進到牢獄中，便一臉疑惑地四處張望。

然後，面露不解地歪頭思索。

「……為什麼工房裡會有牢房啊……？」

或許是對此感到在意，她畫出「意念通訊」的魔法陣。

「啊～巴爾扎隆德弟弟？為什麼鐵火島的工房裡會有牢房啊～？」

然後立刻傳來了回應。

『過去鐵火島曾經有關押海馮利亞罪犯的牢獄。雖然已經將其改建再利用，也許有殘存的遺跡吧。』

鐵柵欄已經生銹，內牆四處都已經剝落，沒有長期使用此處的痕跡。作為巴迪魯亞的自治領被讓渡之後，這座牢獄也許沒有進行改裝，而是遭到擱置了吧。

「這樣啊、這樣啊。那就沒有什麼疑點了。」

艾蓮歐諾露牽住潔西雅與安妮斯歐娜的手。

「聽好嘍，既然已經會合了，就不可以再亂跑了喔。」

「……交給……潔西雅……！」

「安妮斯歐娜也沒問題喔！」

兩人天真爛漫地斷言，完全看不到反省的神色。

「就只有答覆特別中聽啊。」

就在艾蓮歐諾露準備離開牢房時，她突然停下腳步。

她的魔眼捕捉到了微弱的光芒。

「嗯～？是什麼啊……？」

「……有什麼……東西嗎……？」

「是寶藏嗎？」

對於安妮斯歐娜的發言，艾蓮歐諾露發出苦笑。

「我想應該不是寶藏啦。」

艾蓮歐諾露就像被光芒吸引一樣，將視線投向牢房的牆壁，並且靠上前去。

「比仿真根源還要小很多，可是和仿真根源有些相似……就好像只有思念一樣……」

艾蓮歐諾露用手觸碰牢房的牆壁。

「『聖域熾光砲（teo toraiasu）』。」

光之砲彈發射出去，挖穿牆壁。

瓦礫發出嘎拉嘎拉的聲響崩落。被削去一大塊的牆壁裡，埋著狀似校徽的東西。

「……這是什麼啊？」

艾蓮歐諾露緩緩地拿起那個東西。

隨後——

『本人名為霍內特・庫爾頓。為了我族的名譽，死後將真相留存於此處。』

聲音響起。

「哇～喔，什麼？是魔法……嗎……？」

『我等認為雷布拉哈爾德卿犯下了大罪。折斷靈神人劍、失去其劍身，甚至隱匿情報。那傢伙的犯行應當予以嚴懲。他的部下們也一樣。』

被封印的思念殘存在牆中。儘管艾蓮歐諾露面露困惑，仍然豎耳傾聽。

『然而，本人並未殺人。以我等的力量，不可能殺得了。雷布拉哈爾德的隊伍過於強大，無論如何趁其不備，也不可能憑藉力量與之匹敵。』

那道聲音顯得迫切且震撼人心。

『有人認為他們礙事，而我等被其所利用。雖然犯人隱藏了真實身分，本人仍然成功獲得相關的線索，得以從那傢伙身上奪取此校徽，並且留下「聖遺言（baselam）」。』

現在聽到的，大概就是那個「聖遺言」所留下的聲音。

也就是說，發聲之人已經死了。

『請轉達聖王歐爾多夫，以及其繼承人雷布拉哈爾德卿。本人犯下了錯誤。敵人的目標是奪取下任聖王的虹路，並且誘導海馮利亞走向錯誤的道路。整件事自始至終都是某個人所策劃。』

艾蓮歐諾露再次將視線投向校徽。其在外觀設計上，呈現波浪與泡沫的圖案。

那是帕布羅赫塔拉的校徽。

『隱者艾爾米德──此即為本人所掌握到的敵人之名。』

§30 【虹路的前方】

聖劍世界海馮利亞，夜晚──

魔力與魔力衝突所產生的爆炸聲，在虹水湖的工房響起。

被放在鐵砧上的，是被鍊火染得通紅的靈神人劍。雷伊緊握劍柄，以壓制住外溢而出的黑色火花。

詩露可位於他的視線前方。

剛才被彈飛，現在正跌坐在地上。

堅固的圍裙沾上黑色的銹蝕，就連她的根源都開始被其侵蝕。

即使使用回復魔法，那種傷也沒辦法馬上痊癒。

「詩露可，這樣下去妳的身體會撐不住。應該要先清理一下那個銹蝕。」

巴爾扎隆德冷靜地說。

然而──

「……這樣啊。將火花和火花……」

詩露可並沒有將那句話聽進去。

她一面喃喃自語著什麼，一面拿著白輝槌站起來。
然後，筆直地凝視靈神人劍。
從開始鍛造以來，一直都是如此。彷彿與外界隔絕一般，她的眼中只剩下那把劍。
現在唯獨劍、火焰、水，以及響起的大槌聲，是詩露可世界的全部。就連自己的身體狀況都不放在眼裡的她，已經與黑色銹蝕纏鬥幾乎一天一夜。
「雷伊，要使出更強的力道了喔。用最強的。」
雷伊以認真的表情回應：
「收到。」
詩露可將白輝槌維澤爾翰舉至上段，讓魔力逐漸消失。
「白輝槌，祕奧之三——」
純白光芒開始收束，集中在大槌的打擊面上。
「——『劍打練鋼』！」
維澤爾翰全力砸向靈神人劍伊凡斯瑪那。伴隨著足以將耳朵劈開的轟鳴聲，突然溢出大量的黑色火花。
毀滅的奔流遠比先前的還要強勁。儘管如此，這次詩露可並未被炸飛。
這是因為黑色火花與黑色火花相互碰撞並抵消了。
當初詩露可嘗試盡可能地將打擊範圍縮小，一點一點地削去銹蝕。
然而，附著在靈神人劍上頭的銹蝕蘊藏著足以毀滅世界的力量。無論多麼小範圍、淺淺地敲打，都完全無法予以抑制。

因此詩露可轉換思維，想到讓黑色火花與黑色火花相互碰撞，同時壓抑兩者的做法。維澤爾翰在使用「劍打練鋼」進行敲擊後直接固定在原地，同時振動三番兩次擊打著靈神人劍。

透過巧妙地改變其角度、威力與速度，成功控制並抵消溢出的黑色火花。

這應該不是普通的鍛造師能夠到達的境界。

正如鍛冶世界巴迪魯亞的元首蓓拉彌所承認的，她毋庸置疑是擁有希世才能之人。

「……唔……」

雷伊稍微皺起眉頭。

靈神人劍開始掙扎，於是詩露可抽回維澤爾翰。雖然能夠以火花抵消火花，由於會一口氣敲出許多銹蝕，雷伊的手臂會承受難以想像的負荷。

和詩露可一樣，雷伊的雙手因大量接觸飛散的火星而灼傷，甚至沾染了黑色的銹蝕。

他已經瀕臨極限，而無法完全壓住靈神人劍。

「雷伊。」

「……沒問題。下一次會壓好……」

雷伊長吐一口氣，並且用沾染著黑色銹蝕的雙手握住靈神人劍的劍柄。

「要上嘍。」

詩露可舉起維澤爾翰。

「──『劍打練鋼』。」

隨著白輝槌敲擊靈神人劍，激烈的火花外溢而出。魔力發出劈里啪啦的劇烈聲響相互衝突，捲起猛烈的漩渦。

雷伊咬緊牙根、雙手緊握，注入全部的魔力壓制聖劍。

那個狀態持續了幾十秒，詩露可再次舉起維澤爾翰。

聖槌第三次敲擊聖劍。

或許是逐漸掌握到訣竅，火花的溢出量增加，抵消時產生的魔力漩渦傷到雷伊的身體。

靈神人劍開始在鐵砧上發出喀答喀答的聲響震動。

「唔……唔……！」

即使是雷伊，也難以繼續下去了嗎？

雖然必須聚精會神地揮動大槌的詩露可的消耗也很大，持續壓抑衝擊的雷伊受到肉體上的損傷。

受到黑色銹蝕的侵蝕、大槌打擊時的振動，以及黑色火花衝突時捲起衝擊波的影響，他眼看就快要無法壓抑住靈神人劍。

正當詩露可想著：「已經到達極限了嗎？」她打算中途拉回大槌時──

「不必在意，使盡全力打下去。」

在雷伊的身旁，巴爾扎隆德握住靈神人劍的劍柄。

「只要兩人一起，無論是多麼強的衝擊都能夠承受。」

曾經擁有劍柄，意味著他也是被靈神人劍選中之人。即使用力握緊劍柄，也不會被聖劍拒絕。

「感謝你的幫忙。」

「不用謝。」

兩人稍微交會眼神，一起握住同一把劍柄。

撐過幾十秒的劇烈震動後，詩露可再次抽回大槌，間不容髮地揮下。

反覆進行了幾次這個作業後，她將靈神人劍放入鍊水，同時補充失去的魔力。隨後再次用鍊火加熱，放置在鐵砧上，然後用維澤爾翰敲擊劍。

正如一開始的說明，之後就是不斷重複同樣的流程。

詩露可、雷伊和巴爾扎隆德的意識完全集中在鍛打劍刃上。

終於，靈神人劍開始出現變化。

劍身開始露出前所未有的光輝。

比白色還要更白、如彩虹一般閃耀的光芒——其散發出來的，正是白虹。每當揮下白輝槌，銹蝕便會剝落，轉眼間光輝不斷地增強。

然後——

心無旁騖地持續擊打著劍的詩露可，將白輝槌放到了地上。

她畫出魔法陣，取出亞澤農的爪子。

「放開吧。」

按照詩露可的指示，雷伊與巴爾扎隆德放開劍柄。

她輕輕地觸摸靈神人劍的劍身，並用亞澤農的爪子抵住該處。宛如排斥反應一樣，白色火花迸出。

她將爪子沿著劍刃開始迅速地研磨。即使溢出足以遮蔽劍的大量火星，手也未曾停下。光輝越磨越強烈，亞澤農的爪子越磨越薄弱。

然後，迸出大量火花的瞬間，那支爪子斷成了兩截，從詩露可的手中零碎地散落。

她輕輕吐了一口氣，小聲地說：

「……完成了。」

詩露可拿起靈神人劍的劍柄與劍刃，靜靜地放入鍊水桶裡。

耀眼的光芒突然照耀整座工房，靈神人劍自行從水桶中浮了起來。

與在帕布羅赫塔拉的時候一樣，就像被那道光芒包覆一般，光的空間將雷伊等人隔離起來，出現一道以前沒有的白色彩虹。

位於其正下方的是伊凡斯瑪那，以及佇立著一位身穿君王裝扮的女性。祂的口中銜著口枷，右手拿著毛筆，左手拿著木簡——是天命靈王迪歐娜忒可。

祂慢慢地揮動那支毛筆。

『……此虹路的前方……』

響起靜謐的聲音。

『……有等待救助之人……』

光的空間逐間消失，周圍再次還原為工房。

天命靈王同時消失了蹤影，靈神人劍朝著天空釋放出一道白色彩虹。那道彩虹穿過煙囪，彷彿畫出一條直線般創造出純白的道路。雷伊慢慢地抬頭仰望天空。

「那個是……？」

「是虹路。天命靈王迪歐娜忒可應該是要我們前往那個方向吧。」

巴爾扎隆德如此回答。他們經由煙囪來到工房外面。虹路穿越天空，一直延續至黑穹的另一端。

「……目的地似乎在海馮利亞外面……」

巴爾扎隆德說。

「走吧。」

雷伊向粉絲社少女們送出「意念通訊」。

「愛蓮，可以幫忙發動列車嗎？我們有想要去的地方。」

『收到！馬上發車喔！』

愛蓮傳來答覆。

「現在米莎不在，要隱身前去搭乘列車會有困難呢。」

雷伊露出稍顯為難的表情說。

「請不用擔心後續的糾紛。無論發生什麼事，皆由我來解決。」

辛說道。

假如有人在等待救援，就不能慢悠悠地行動。距離天命靈王試圖傳達那個訊息的時間點，已經過了一天。

「明白了。」

能聽見汽笛聲。

抬頭仰望之後，魔王列車正從加倫澤斯特狩獵宮殿出發，並且在空中奔馳。雷伊與巴爾扎隆德使用「飛行」升空，朝著魔王列車的方向前進。

『雷伊同學，司機室的艙門要開了喔。』

司機室的艙門開啟。

兩人從該處進入。西姆卡和卡莎一面汗流浹背，一面用鏟子向火室投入煤炭。

由於不夠熟練，列車無法大幅地提升速度。巴爾扎隆德或許是注意到這點，走上前去並伸出手。

「換我來吧。」

「咦……麻、麻煩您了……」

他接過卡莎的鏟子。

「將路線設定為那條虹路，全速前進。」

「「「收到！」」」

魔王列車依循雷伊的指示進入虹路，沿著那條道路筆直地上升，轉眼間即到達黑穹的高度，而且就這樣直接離開聖劍世界海馮利亞。

在閃耀的銀海中，虹路綿延不絕。

魔王列車往虹路鋪設銀燈軌道，並且向前奔馳。巴爾扎隆德的部下所乘坐的銀水船靠了過來，與其並排齊行。

幾個小時之後，一個小世界出現在他們的面前。

然而，那個小世界的光輝比平時見到的銀泡還要黯淡。

「……沒有銀燈，似乎是泡沫世界……」

巴爾扎隆德說。

雷伊向露出凝重表情的巴爾扎隆德問道：

「虹路似乎繼續通往那裡，可是不是聽說禁止過去嗎？」

「根據帕布羅赫塔拉的法規，確實如此……就算以銀水聖海的常識來說，干涉泡沫被視為不適當的行為。因為像我們這樣擁有巨大魔力的人進到不安定的世界當中，不知道會發生什麼事。」

巴爾扎隆德緊抿嘴唇。

「沒必要連你也跟著一起涉險，可以由我們單獨進去喔。」

可是巴爾扎隆德經過一瞬的遲疑後說：

「不……天命靈王的引導不容質疑。即使會犯法，我也相信此即為正確的道路。」

雷伊點點頭。

「將路線設定為那個泡沫世界，全速前進。」

「收到！全速前進！」

魔王列車快速地提升速度，進入到泡沫之中。

列車固定銀燈軌道，同時在黑穹持續下降。

抵達的天空一片漆黑。

現在的海馮利亞已是深夜。倘若考慮到此處也一樣，那麼天空昏暗並不會不自然，然而地上連一點光源也沒有。

不對，豈止如此，甚至完全沒有人的氣息。

生命的存在感極度稀薄。

「……瀕臨毀滅……大概是火露已經喪失殆盡了吧。聽說這在泡沫世界之中並不是罕見的事情。」

巴爾扎隆德說。

「我去外面一趟。」

「雷伊同學說要出去，打開司機室的艙門！」

「收到──」

司機室的艙門開啟，雷伊與巴爾扎隆德飛向天空。

接著，雷伊手中的靈神人劍再次開始發光，虹路出現在兩人面前。

那道白色彩虹一直延續到地面。

雷伊與巴爾扎隆德面面相覷並點了點頭。

他們飛翔於空中，沿著虹路前進。

不久後，一座山的半山腰出現在眼前。

山腰上有像是洞窟一樣的地方。其入口設有看起來牢固的大門，門上還畫有相當老舊的魔法陣。

「『解鎖』。」

巴爾扎隆德嘗試解鎖。

然而大門並未開啟。

「……打不開泡沫世界的門……？」

巴爾扎隆德看似不解地皺起眉頭。

在這個瀕臨毀滅的世界中，真的存在能夠做到那種事的人嗎？他大概充滿了疑問吧。

「看來事情並不尋常。」

雷伊持伊凡斯瑪那擺出架式，吐了一口氣。

劍光一閃，大門隨即被切成兩半，同時發出喀當的聲響崩落了。

「小心點。」

「我知道。」

兩人一面用魔眼凝視，一面往洞窟內部前進。

裡面很昏暗。

不過，看起來不是那麼地寬敞。

「……唔……唔……」

雷伊倏然停下腳步豎耳傾聽。

因為他聽見了呻吟聲。

他使用靈神人劍照亮內部。

倒在那裡的，是一位衣衫襤褸、骨瘦如柴的老人。

他極為憔悴，魔力已經幾乎耗盡。

那副模樣看起來隨時都會毀滅，就連能夠出聲都令人感到不可思議。

「……啊……什……」

接著發出聲音的不是老人，而是巴爾扎隆德。

他瞪大雙眼露出驚愕之情，彷彿難以置信般的倒抽一口氣。

他的手微微地顫抖，汗水從他的臉頰滑落。

他小聲地脫口說：

「…………父親…………大人…………………………」

魔王學院的不適任者

MAOH GAKUIN NO FUTEKIGOUSHA

～史上最強的魔王始祖，
轉生就讀子孫們的學校～

轉生為故事的黑幕～以進化魔劍和遊戲知識傲視群倫～ 1~2 待續

Kadokawa Fantastic Novels

作者：結城涼　插畫：なかむら

「我的劍就是為了這種時候存在的。所以──」
連的故事，又有了重大的變化──！

和聖女莉希亞與其父克勞賽爾男爵談過之後，連決定暫時留在男爵宅邸，一邊處理男爵家的工作，同時一邊在公會當冒險者發揮本領。而為了協助男爵家，他在莉希亞的目送下前往某處，邂逅了一位意料之外的少女。她和掌握故事重要關鍵的人物有關……？

各 **NT$260~300/HK$87~100**

轉生就是劍 1~8 待續

Kadokawa Fantastic Novels

作者：棚架ユウ　插畫：るろお

黑白兩位英雄邂逅!?
獸人國篇——揭開序幕！

漫長的船旅結束，師父與芙蘭抵達獸人國的港都，為了見到獸王利格迪斯據說與芙蘭同為黑貓族的師傅而前往王都。兩人輕鬆打倒通往王都的捷徑上現身擋路的魔物，然而這時卻出現一位白色獸人少女宣稱魔物是她的獵物，雙方陷入一觸即發的狀況……

各 **NT$250~280/HK$83~93**

國家圖書館出版品預行編目資料

魔王學院的不適任者：史上最強的魔王始祖,轉生就讀子孫們的學校. 13 / 秋作；林君翰譯. -- 初版. -- 臺北市：臺灣角川股份有限公司, 2024.07-
冊；　公分. -- (Kadokawa fantastic novels)

譯自：魔王学院の不適合者：史上最強の魔王の始祖、転生して子孫たちの学校へ通う. 13, 上.
ISBN 978-626-400-216-5(上冊：平裝)

861.57　　113006543

Kadokawa Fantastic Novels

魔王學院的不適任者～史上最強的魔王始祖，轉生就讀子孫們的學校～ 13〈上〉

（原著名：魔王学院の不適合者～史上最強の魔王の始祖、転生して子孫たちの学校へ通う～13〈上〉）

2024年7月10日　初版第1刷發行

作者：秋
插畫：しずまよしのり
譯者：林君翰

發行人：台灣角川股份有限公司
總監：呂慧君
總編輯：蔡佩芬
主編：林秀儒
編輯：彭曉凡
設計指導：陳晞叡
美術設計：吳佳昀
印務：李明修（主任）、張加恩（主任）、張凱棋、潘尚琪

發行所：台灣角川股份有限公司
地址：104台北市中山區松江路223號3樓
電話：（02）2515-3000
傳真：（02）2515-0033
網址：www.kadokawa.com.tw
劃撥帳戶：台灣角川股份有限公司
劃撥帳號：19487412
法律顧問：有澤法律事務所
製版：尚騰印刷事業有限公司
ISBN：978-626-400-216-5

MAOH GAKUIN NO FUTEKIGOUSHA Vol.13 <JO>
~SHIJOSAIKYO NO MAOH NO SHISO, TENSEISHITE SHISONTACHI NO GAKKO HE KAYOU~

Edited by 電擊文庫
First published in Japan in 2023 by KADOKAWA CORPORATION, Tokyo.
Complex Chinese translation rights arranged with KADOKAWA CORPORATION, Tokyo.